HEINZ HELLE

EIGENTLICH MÜSSTEN WIR TANZEN

Roman

Suhrkamp

2. Auflage 2015

Erste Auflage 2015

Druck: CPI – Ebner & Spiegel, Ulm
Printed in Germany
ISBN 978-3-518-42493-3

EIGENTLICH MÜSSTEN WIR TANZEN

Für Chris

Ich stand an der Küste und redete mit der Brandung blabla, im Rücken die Ruinen von Europa.

Heiner Müller

Ich mach das alles nur, weil ich in den Himmel will.

Sido

1 Wenn es zu kalt ist zum Hinlegen, abends, bleiben wir stehen. Wir stehen eng beieinander, Rücken an Rücken an Seite an Bauch. Wir drehen uns langsam weiter im Verlauf der Nacht, jeder darf einmal in der Mitte stehen, jeder muss ab und zu an den Rand. Wenn die Sonne aufgeht, sehen wir übereinander hinweg und aneinander vorbei, und wir sehen genau, sehen es aus dem Augenwinkel, dass der andere auch woanders hinsieht, wir sehen jeder woanders hin, jeder in sein eigenes, weit entferntes Nichts oder Alles, egal, wir sehen uns nicht in die Augen, das täte weh, mehr und ganz anders als die Sonne, wenn sie aufgeht, meistens ist es bewölkt, und wir sehen weiter aneinander vorbei und freuen uns über die abnehmende Kälte und das zunehmende Licht, und wir stehen ganz dicht beieinander, beinahe wie früher, in der U-Bahn, im Feierabendverkehr.

2 Heute finden wir eine Frau. Sie liegt unter Zweigen, unter nassen, faulen Zweigen, vermutlich nicht, um sich zu wärmen. Wir sehen sie trotzdem. Wir sehen sie zufällig, einer uriniert in den Busch, neben dem sie liegt, ein schütterer Busch, es ist merkwürdig, dass dieser Busch nur im unteren Drittel Zweige und Blätter haben soll, und Haare und Hände. Der, der gerade gepisst hat, lässt die Hose offen und steht eine Weile so rum, er betrachtet sie schweigend, wir treten dazu, weil wir ihm von hinten ansehen, dass er etwas ansieht. Als wir im Halbkreis hinter ihm stehen, geht er auf die Knie und berührt ihr Haar, und sie schreit nicht, schluchzt nicht, zuckt nicht, sie schließt nicht einmal die Augen. Sie blickt still vor sich hin, ohne zu sehen, was da ist, vor ihren Augen, sie blickt mit aller Kraft an einen Ort, der für uns unerreichbar ist. Ihre Kleider oder Kleidungsreste sind löchrig und rissig, überall Öffnungen, die den Weg freigeben zu den Öffnungen ihres Körpers. Sie beginnt schneller zu atmen. Wir sehen ihre weißen, zarten Hände an den Schultern des Ersten von uns, als er über ihr ist; wir sehen die Finger, zunächst seltsam abgespreizt, nach einiger Zeit eingegraben in den Stoff, der den Mann über ihr einhüllt; wir sehen ihren zur Seite geneigten Kopf, ihre jetzt doch noch geschlossenen Augen, und dann hören wir ihre Stimme, ein einziger Ton nur, wieder und wieder und wieder, und all das macht es uns unmöglich, nicht zu denken: Du willst es doch auch.

Als ich an die Reihe komme, hebt sie nicht einmal mehr die Arme, und ich schaffe es nur, die Sache zu Ende zu bringen, weil ich mich an ihre Hände erinnere, ihre Hände auf den Schultern der drei Männer vor mir, und ich bewege mich schneller, ich schließe die Augen und stelle mir ihre Finger vor, die sich in einen Fetzen Stoff graben, weil sie genau das wollen, diese Finger, festhalten, diesen Stoff, und dann bringe ich die Sache zu Ende.

Anschließend versucht es Drygalski, aber er bricht unzufrieden ab. Sie bewegt sich nun gar nicht mehr. Ehe wir weitergehen, beugt sich Fürst noch einmal zu ihr hinunter und fragt sie mit sanfter Stimme, ob sie nicht mitkommen will. Sie reagiert nicht. Ratlos steht er neben dem reglosen Körper im Laub, dann wühlt er in seiner Jackentasche, findet ein Stück Brot, bricht eine Ecke ab und legt es ihr auf den Bauch. Auf dem Weg von dem Brotstück zurück in seine Hosentasche zuckt seine Hand kurz in Richtung ihres Kopfes. Vielleicht wollte er ihr noch einmal über die Wange streicheln. Oder über das Haar.

3 Am nächsten Tag ist es dunkler, und ein Nieselregen beginnt, der unmerklich dichter und dichter wird, es scheint, dass keine Tropfen auf uns und den schwarzen Teer und den unter unseren Füßen knirschenden Rollsplit fallen, sondern feine, durchgängige Linien, wie aus Tausenden nicht richtig zugedrehten Wasserhähnen. Es ist die Art von Regen, dessen Intensität man erst spürt, wenn man bereits völlig durchnässt ist, und auf einmal bleibt man stehen, sieht an sich herunter und dann in den Himmel und schüttelt ungläubig den Kopf.

Wir verlassen die Straße. Wir gehen durch Brachland, überqueren einige leicht ansteigende Hügelketten, Felder und andere freie Flächen, deren Nutzung nicht auszumachen ist. Vor uns ein flacher, riesiger Block. Wir gehen näher heran. Es dauert länger, als wir dachten, er ist weiter weg, als wir dachten, er ist viel, viel größer, als wir dachten. Die Außenwände sind über zehn Meter hoch und durchbrochen von rostigen Stahlschiebetüren und eingeschlagenem Glas. Es gibt Schornsteine. Vielleicht war das früher mal eine Fabrik. Als wir entlang des schmucklosen, kantigen Quaders einen Weg in ihn hinein suchen, wird der Regen noch stärker, und das Prasseln der Tropfen auf dem Dach des Gebäudes klingt blechern und hell, es wird lauter und weniger brüchig, und irgendwann singt die ganze Halle einen einzigen hohen Ton.

Wir finden einen Türrahmen, die Tür fehlt. Wir gehen

hinein, einer nach dem anderen, und seltsamerweise ist der Ton des Regens auf dem Dach im Inneren kaum mehr zu hören. Wir befinden uns in einer großen, leeren Halle, Scherben liegen herum, kleine verlassene Feuerstellen, der Geruch von altem Öl und Flecken von tief in den Beton gesickerten Substanzen, die Montagegräben erzählen davon, dass hier einmal an Autos oder Landmaschinen gearbeitet wurde. Von den Flecken abgesehen, von Boden, Seitenwänden und Decke, auf die Regen fällt, gibt es hier nichts. Wir verlassen die Halle und gehen weiter, durch den dichten Regen zurück in den Wald.

4 Im letzten Licht erreichen wir ein Dorf. Auch hier sind alle Fenster verrammelt, die Türen verschlossen, wir treffen keinen Menschen und finden keinen Hinweis auf den Verbleib der Bewohner. Durch eine bereits eingeschlagene Glastür betreten wir einen Supermarkt, wir wandeln zwischen leeren und halbleeren Regalen, der Boden ist übersät mit aufgerissenen Verpackungen, zerbrochenem Glas, zerbeultem Aluminium und zertretenen Kartons, und über allem liegt der entsprechende, schwer zu ertragende Geruch: der Geruch von allem, was ein Supermarkt je enthalten hat. Tütensuppen, Chips, Schokolade, Katzenfutter, Abflussfrei, Tiefkühllasagne, Deodorant, Bier, verfaulendes Fleisch. Wir finden eine Palette Wasserflaschen und ein paar in Plastikfolie eingeschweißte Knoblauchbaguettes. Mit unserem Essen ziehen wir uns in den wärmsten und sichersten Raum des verwüsteten Komplexes zurück: die abgetaute Kühlkammer. Wir essen, wir trinken, wir schweigen. Es ist ein gutes Schweigen, ein Na also, es geht doch, wir kommen schon klar, irgendwie finden wir schon eine Lösung, und wir genießen das kalte Knoblauchbaguette, die Butter schmeckt richtig gut, wenn sie so hart ist, man muss zubeißen, ehe man den intensiven Geschmack spürt, nach den Strapazen der letzten Tage wirkt das Fett wie eine Offenbarung. Nachdem wir uns vergewissert haben, dass man uns nicht von außen einschließen kann, bauen wir ein Lager aus mehreren Schichten Karton mit zerknüllter Plastikfolie dazwischen, wir legen uns einer neben den anderen, dann decken wir

noch mehr Kartonbahnen über uns, unsere Köpfe auf dem zerknüllten Plastik, die Flaschen mit dem Mineralwasser in Reichweite. Das Atmen klingt nicht nur erschöpft. Es klingt friedlich.

5 Vor ein paar Wochen saßen wir im Auto. Die Autobahn war frei, draußen lag das graugrüne Voralpenland unter einer dünnen Schicht Raureif, am Fahrbahnrand Rollsplit und Dreck vergangener Wochen, ein anderes Zeitalter, und im Radio lief ein Lied, das angeblich keiner kannte und niemand zuvor gehört hatte, aber jetzt brüllten wir den Refrain:
Atemlos durch die Nacht, bis ein neuer Tag erwacht
Wir flogen den Irschenberg rauf, eigentlich fuhren wir, natürlich, aber den Irschenberg fliegt man immer hinauf, nie hinunter, der Unterschied zwischen Hin- und Rückweg ist kategorial. Wir waren schnell, die hohe Drehzahl am Hang klang nach Mut und Entschlossenheit, rechts von uns heulende Lkw, sie krochen, sie quälten sich hoch, bedauernswerte, mit ihren Fahrern verschmolzene Tiere, eine fügsame Herde im täglichen Auf- und Abtrieb der Arbeitswoche, die uns, seit wir im Auto saßen, so fern, kontrollierbar und harmlos erschien wie der Tod.

Wir waren fünf. Drygalski, Gruber, Fürst, Golde und ich, und wir hatten Eier eingepackt und Milch, Bier, Hack, Nudeln, Nutella, nur Brot nicht, das wollten wir beim Bäcker im Tal kaufen, unten, im Dorf. Wir hatten die Stadt hinter uns gelassen, die Vorstadt, in der wir zusammen aufgewachsen waren, die Autobahnkreuze, die Teppich-, Möbel- und Baumärkte, die Industriegebiete, in denen Firmen saßen, die Sicherheitsschleusen hatten und einen Werkschutz und englische, umständliche Namen, und sie machten irgendwas mit Computern. Zwei vorne, drei hinten. Wir saßen auf engem Raum. Die, die hinten saßen, hätten, wenn sie gewollt hätten, ihre Hände ineinander legen können, aber das wäre schwul gewesen, und außerdem spürten wir trotz der Euphorie über die gemeinsame, fortschreitende Bewegung auch eine gewisse Distanz zwischen uns, so lustig wie früher würde es ja eh nicht werden, nur jedes Jahr teurer, und eigentlich war man für das alles allmählich zu alt, und außerdem dauerte es mittlerweile ja auch gut drei Tage, bis ein anständiger Rausch wieder abgebaut war.

Am Scheitel des Irschenbergs, als das gelbe M in Sicht kam, schrie einer McFlurry, ein anderer lachte, doch der Fahrer lächelte nur müde und bretterte weiter, vorbei an dem amerikanischen Schnellrestaurant, dessen Karte wir auswendig konnten, ehe wir Schafkopfen lernten, wenn wir es überhaupt lernten, und dann fuhren wir steil bergab, vor der Frontscheibe breitete sich das Inntal aus, dunkelgrün, leer und stumm, bis zu den im Nebel verborgenen Alpenhängen, schnurgerade durchschnitten von sechs Spuren weiß und rot schimmernder Zivilisation. Der Scheibenwischer quietschte.

6 Am nächsten Morgen verlassen wir das Dorf und folgen der Schnellstraße das Tal entlang. Sie führt uns um den nächsten Berg herum, durch das nächste Tal hindurch, am nächsten Berg vorbei. Wir folgen ihr. Wir sehen Schilder mit den Namen von Orten, in denen wahrscheinlich niemand mehr ist, und als wir vorbei sind, haben wir sie schon wieder vergessen. Wir sehen Strommasten, zwischen denen keine Kabel mehr hängen, verlassene Tankstellen, Supermärkte, Ferienwohnungen, Zimmer frei, hier und da ein ausgebranntes Auto.

Wir kommen an einen See. Das andere Ufer ist nicht zu erkennen, das diesseitige voller verkohlter Segelboote, zertrümmerter Möbel und Flaschen, leerer Verpackungen und Kleidungsstücke. Aufgedunsene Leichen. Als ob etwas verschwände, wenn man es ins Wasser wirft. Die einzige Auflösung, die wir sehen, ist die der sanften Wellen in den tiefhängenden grauen Wolken. Wir verlieren bald die Lust, hinzusehen, und wenden uns ab, dem Dorf zu, das am Ufer des Sees liegt, wahrscheinlich wegen des fantastischen Blicks, wenn es nicht neblig ist. Wir gehen in Richtung Kurpromenade, wir laufen durch den Kies am Unrat vorbei auf die Straße und gehen die Stufen zu einem Hotel hinauf, wir überqueren eine Terrasse mit entwurzelten Sonnenschirmen, Tischen und Stühlen. Durch die offenen gläsernen Flügeltüren betreten wir den vollständig entleerten Speisesaal. Wir finden eine volle Flasche Kondensmilch unter einem Berg Geschirr in der verdreckten

Küche, die ölige Flüssigkeit hinterlässt einen Film in unseren Kehlen, der Geschmack ist egal, wir bilden uns ein, dass sie satt macht.

Hinter dem Dorf, in einer Ansammlung von Flachbauten, die sich selbst laut Beschilderung einmal als Industriegebiet verstanden hat, finden wir eine verlassene Bowlingbahn. Wir gehen die Treppe hinab, wir haben keine Ahnung, warum, wir gehen einfach. Durch die Lichtschächte fällt etwas Grau auf die Bahnen, Strom gibt es nicht, die Kegel sind weg, hängen oben, vielleicht, wir sehen sie nicht. Nach ein paar Minuten der Unschlüssigkeit fällt unser Blick auf die großen Kugeln mit den drei Löchern, die neben der Bahn liegen, staubig und unbeteiligt und irgendwie ganz normal. Also nehmen wir sie und donnern eine nach der anderen über die leere Bahn in die Dunkelheit, wir hören sie rollen, bis sie irgendwann dumpf einschlagen, in dem unzugänglichen, gepolsterten Raum hinter einem nicht mehr vorhandenen Ziel.

7 Im grauen Licht zwischen den kahlen Stämmen wird der Asphalt bald brüchig, angehoben von Wurzeln, von schweren Waldmaschinen niedergedrückt. Nach ein paar Minuten löst sich der Straßenbelag völlig auf, wird zu Schotter, der Schotter wird spärlicher, die Straße wird zu einem Weg, und der Weg wird zum Pfad, und der Pfad wird Boden. Ich frage mich, ob nur die Straße am Verschwinden ist oder einfach alles, und ob man es nicht auch als Befreiung auffassen könnte, keinerlei Richtungsbeschränkungen mehr zu sehen, außer einigen Baumstämmen, feucht und schwarz, die mit gewisser Regelmäßigkeit aus dem Nebel auftauchen und dann wieder hinter uns verschwinden. Wir weichen ihnen aus. Das ist einfach und ratsam, ansonsten gibt es nichts zu entscheiden oder zu besprechen, in welche Richtung wir unsere Reise fortsetzen. Nach ein paar Stunden taucht rechts vor uns etwas auf, das hier nicht hingehört. Es ist nicht dunkel, und es steckt nicht senkrecht im Boden oder liegt längs darauf oder lehnt an einem anderen senkrechten, dunklen, hölzernen Pfeiler dieser Weltordnung Wald. Es liegt verkrümmt und spastisch, wie hingeworfen, die Stämme in seiner näheren Umgebung seltsam zersplittert, seltsam darum, weil die Zacken, die beim Abbrechen zum Vorschein kommen, normalerweise nicht ebenso schwarz und stumpf sind wie die feuchte, weiche Rinde. Das Ding hat einen runden, stark eingedrückten Körper und einen langen, dünnen Schwanz, an dessen Ende ein Flügel oder eine Fahne, und das Ding ist gelb, gelber als alles, was wir

seit Wochen gesehen haben. Wir sehen die verbogenen Rotorblätter, krumm und geknickt abstehend, wie gebrochene Arme und Beine. Wir sehen das getrocknete Blut der halb aus der Kabine hängenden Pilotenkörper. Wir sehen das zersplitterte Kabinenglas, den Kreis aus Sternen auf dem blauen Rechteck am Leitwerk. Und dann sehen wir die vier großen, schwarzen Buchstaben, hinten, an der Seite des Rumpfes. Und wir finden es unglaublich, dass es diese Menschen wirklich gegeben hat, vor nicht allzu langer Zeit, die durch die Luft flogen, um die Verkehrslage auf den Autobahnen in Bayern und Tirol im Blick zu behalten.

Wir durchsuchen das Wrack nach Brauchbarem, dann die Toten, wir finden einen Verbandskasten, einen Werkzeugkoffer und ein Handbuch mit internationalen Funkcodes, aber das Funkgerät ist fest installiert und defekt und keiner von uns Techniker genug, um es auszubauen und zu reparieren, also lassen wir das Buch da und gehen. Nach einer Stunde will niemand mehr den schweren Werkzeugkoffer tragen, also lassen wir ihn im Wald zurück, und zwei Stunden später dann auch den Verbandskasten, und wir trotten weiter durch unseren dampfenden Atem und den Nieselregen und denken an die gefütterten Fliegermonturen der beiden Toten und ihre Stiefel und Westen und daran, dass das alles nass ist, von Blut und von Regen, und das Einzige, was wir von der Unglücksstelle noch bei uns tragen, ist der Hammer aus dem Werkzeugkoffer, und diesen Hammer trage ich.

8 Vor ein paar Wochen war ich noch in der Luft. Ich machte den siebenundfünfzigsten Schritt eines achtundfünfzig Schritte umfassenden, klar definierten Arbeitsablaufs zum insgesamt achthundertsechsundneunzigsten Mal, wobei fünfhundert dieser Durchgänge während meiner Ausbildung stattgefunden hatten, davon vierhundertfünfzig am Simulator, fünfzig in echt, sozusagen, irgendwo in der Wüste von Arizona, wo ich zusammen mit zwei Ausbildern einer großen deutschen Fluglinie eine leere Boeing 737 fünf Tage am Stück gestartet habe, zehn Mal pro Tag, und im Kreis geflogen bin und gelandet, durchgestartet, im Kreis geflogen, gelandet, durchgestartet und so weiter.

Ich befand mich auf direktem Kurs von Mauritius nach Frankfurt am Main, und ich hatte etwas mehr als elf Stunden Zeit, um mich daran zu erinnern, dass dies der Beruf war, den ich ergreifen wollte, seit ich wusste, was das ist, ein Beruf. Ich war Pilot. Die Maschine war ausgebucht. Es befanden sich zweihundertneunundzwanzig Personen an Bord. Ich hatte über sie nur zwei Informationen: Sie waren mit mir in Mauritius gestartet; sie wollten mit mir in Frankfurt landen. Entgegen meiner Gewohnheit versuchte ich, mir den Blick aus der offenen Cockpittür bildlich vorzustellen, den Blick nach hinten, vor dem Start, wenn die Vorhänge der ersten Klasse noch nicht zugezogen waren. Ich sah Köpfe. Sie verdeckten unterschiedlich viel von der weißen Auflage der Sitze. Ich sah Haare. Die Haare hatten verschiedene Farben: blond, schwarz, weiß, grau, rot oder grün oder blau, fliegen durfte jeder, der ein Ticket bezahlen und einen Pass vorweisen konnte. Ich sah Ohren. Große und kleine, behaarte, runde, schrumpelige, verkrüppelte, abstehende und ganz normale. Ich sah Augen. Sie waren braun, grün, schwarz, blau, und sie sahen keineswegs alle nach vorne, zu mir, sie sahen aus dem Fenster, in die Zeitung vor ihnen, starrten stumm auf den zum Start ordnungsgemäß hochgeklappten Tisch. Ich sah ihre Kleidung nicht, aber ich wusste, dass sie welche trugen, in allen erdenklichen Farben und Schnitten, in allen Preisniveaus, allen Stilen und Stoffen: Jeans, Anzüge, Shorts, Rippunterhemden, Viskoseunterhosen, Baumwollsocken, Nylonstrümpfe, Lederschuhe, Kautschuksneakers, Sandalen von Birkenstock. Ich nahm einen Schluck Kaffee. Ich versuchte, mir zweihundertneunundzwanzig Herzen vorzustellen. Ich spürte mein eigenes schlagen.

Nach einem Blick auf die Instrumententafel führte ich Arbeitsschritt Nummer achtundfünfzig aus: Der Pilot schaltete den Autopiloten ein. Wir hatten die Reiseflughöhe erreicht.

9 Wir stehen an einem künstlichen Fischweiher, das Wasser sieht grün und blau aus und vollkommen unnatürlich, und im dichten Schilf am Ufer sieht man die Spuren der Landmaschinen, die sie in den Weiher geschoben haben. Ein Traktor, ein Mähdrescher, ein Viehtransporter, beladen mit Rindern oder Schweinen oder Lämmern, durch die dicken Stäbe zeichnen sich unter der Wasseroberfläche Beine und Köpfe ab, oder wenigstens Körper, etwas, wir wissen nicht was, aber ich denke: Vieh. Schließlich ist das ein Viehtransporter. In die Stille hinein ein Platschen, ganz leise, aber eindeutig, und aus dem Augenwinkel sehe ich, was da ins Wasser fällt, und dann höre ich Drygalskis Stimme, spinnst du jetzt, ruft er, aber Gruber zuckt nur mit den Schultern.

Wir anderen fassen in unsere Hosentaschen. Das vertraute Plastik mit oder ohne Chromapplikation liegt sicher in der Hand. Das Wissen um seine Anwesenheit, die Hunderten Nummern, Namen, Adressen und Termine, die personalisierten Klingeltöne, die Bilder, die Filme. Wir tragen Modelle unseres Lebens in unseren Taschen, und auch wenn wir in dieses Leben nie mehr zurückkönnen, beruhigt es uns, eine Erinnerung daran zu haben, die wir anfassen können und herausholen und betrachten. Die Displays sind schwarz. Gruber sieht ernst aus und sachlich, als er nun auch das Ladekabel aus der Tasche zieht. Er blickt nach unten, der Stecker bleibt hängen. Er nimmt die andere Hand zu Hilfe, zwischen seinen Augen wird eine kleine, senkrechte Falte sichtbar, er ist nicht wütend, er konzentriert sich. Dann schnellt seine Hand vor, und das Ladekabel beginnt eine elliptische Flugbahn, wie ein abstürzender Helikopter, denke ich, der gummiummantelte Draht kreist ausladend um Stecker und Transformator, und all das landet ungefähr da, wo das Telefon nur ein paar Sekunden vorher versunken ist. Gruber sieht zufrieden aus, er steht leicht gebückt, die Hände in den Jackentaschen, das Kinn nach vorne gereckt, die Schultern hängend. Wie jemand, der eigentlich gern etwas größer wäre, aber nicht jetzt sofort. An der Stelle, wo sein Samsung Smartphone mit SVoice und ChatOn und so im Wasser verschwand, wachsen gleichmäßige Kreise.

10 Wir gehen auf Laub. Wir gehen auf kleinen Steinen. Wir gehen auf blankem Teer, auf Scherben, Gummifetzen, Blech, Leder, Stoff, Plastik. Wir gehen auf Öl. Wir gehen auf Wasser. Wie Teer steht es auf dem Teer in der tiefhängenden Sonne. Wir sind fünf verschiedene Körper, mit verschiedenen Beinen, Armen, Gehirnen, aber die gemeinsame Fortbewegung auf dieser Straße, dieser Wiese, diesem von Wurzeln durchzogenen Waldboden verbindet uns, es ist eine stabile physikalische Verbindung, wir sind aneinandergeschweißt wie die Elektronen eines Atoms durch Spin und Gravitation, wir gehen alle in eine Richtung.

Meistens geht Golde voran. Ganz genau. Golde, der immer ganz genau sagte, früher, wenn man mit ihm einer Meinung war, mit der breiten Nase und dem jetzt nicht mehr kurzgeschorenen Haar. Er bewegt seinen hochgewachsenen, wuchtigen Körper mit der gleichen Selbstverständlichkeit über die linke Spur der leeren A 12, mit der er früher an der Schlange vor dem P1 vorbeigegangen ist. Nur manchmal, wenn auf einem Schild ein vertrauter Name in Sicht kommt, Wörgl, St. Johann, Jochberg, scheint es, als würde er kurz zusammenzucken, obwohl sich seine Schrittfrequenz kein bisschen verändert, er geht weiter wie vorher, aber einem vertrauten Menschen kann man auch von hinten ansehen, wie er sich fühlt, eine kleine Bewegung, ein Blick in den Himmel, ein Seufzer, irgendetwas, so unscheinbar und normal, dass man merkt: Er hat natürlich auch keine Ahnung, ob wir auf dem richtigen Weg sind.

Kufstein, sagt Golde.

Die Tannen hinter der Leitplanke stehen merkwürdig weit auseinander. Normalerweise ist das eine grüne, verschwommene Wand. Wir gehen weiter. Wie weit der Abstand zwischen den Spurstreifen ist. Wie rau der Asphalt.

11 Die Hütte lag an einem Steilhang, sie war abgelegen und alt. Ein Bergbauernhof aus dem achtzehnten Jahrhundert, ein nachträglich eingebautes Badezimmer, die Stube wie früher, geheizt wurde mit Holz. Schwer lag der Schnee auf dem schiefen Dach und dem Geländer der Sonnenterrasse, die weit hinausragte in den leeren Raum zwischen dem Steilhang und dem Berg gegenüber. Wir nahmen die letzte Kehre, schnaufend kamen wir näher. Wir waren zu Fuß gegangen, aufgestiegen, wie man im Gebirge sagt, auch wenn der Weg nicht steil war, eine tief verschneite Serpentinenstraße, durch Wälder und über Weiden, hier können sich Autos nur im Sommer bewegen. Wir dachten, wir werden wahrscheinlich viel trinken, also saufen, bestimmt, das ist so, wenn man unter Männern ist, und da schadet es nicht, wenn wir uns vorher noch etwas bewegen. Den Schlüssel fanden wir im Anbau, einem zugigen Schuppen voller Werkzeug und Feuerholz, alten Skiern und Schlitten mit verrosteten Kufen. Hoch lag das Holz unter dem Dach, dicht an der Wand, zurechtgehauen, trocken und alt, und wartete auf seine Verwandlung in Asche und Gas. Wir klopften den Schnee von unseren Stiefeln und Hosen und gingen hinein. Ächzend stellten wir die Kisten mit dem Proviant im Gang ab, die Rucksäcke mit dem Bier etwas näher an den Warmwasserboiler im Vorratsraum, nicht dass es gefriert. Still standen wir da, in unseren dicken Jacken und Mützen und Schals, wir standen im Halbkreis um den alten Ofen und warteten. Uns war warm, vom Aufstieg, darum merkten wir zu-

nächst nicht, wie kalt es im Inneren der Hütte war, Gruber begann sofort mit dem Einheizen, das Zimmer wurde nur langsam wärmer, aber unsere schweißnassen Körper wurden ziemlich schnell kalt, scheißkalt, sagte jemand, Gruber pustete in den Ofen und legte noch einen Holzscheit in das quadratische Licht. Als es endlich brannte, schloss er die Ofenklappe, ging ins Vorratszimmer und schaltete den Strom ein. Beleuchtet wirkte die Stube gleich etwas wärmer. Stiefel, Jacken, Mützen und Schals wurden in den Gang gebracht, kurz darauf schwärmten wir aus, Füße auf dicken Socken rannten die rutschige Holztreppe hoch, Männer mit großen Rucksäcken stellten sich ein Bein, hielten sich fest, schubsten sich, fluchten, kreischten, die Betten wurden verteilt, und der und der wollte nicht mit dem und dem. Später saßen wir am schweren Eichentisch. Vor uns stand Bier. Wir schwiegen. Vor dem Fenster nichts als ein sanftmütiges, langweiliges Hellgrau, und ich dachte, Schneetreiben wäre vielleicht gut, eine Wand aus unendlich vielen, winzigen Erinnerungen an die Lebensfeindlichkeit der Natur. An die Möglichkeit von Nähe zwischen Menschen an einem sicheren Ort.

12 Galaxy. Die Kuppel sieht fast intakt aus, nicht wie eine Galaxie, eher wie ein Ufo, aber dass dieses Ding, das gewölbte Dach, die flachen Nebengebäude, der Parkplatz, die Imbissbuden daneben, dass dieser Komplex einmal Galaxy hieß, ist nicht zu übersehen: Gerippe von großen Lettern ragen vom Dach ins Umland, weithin sichtbar, verkohlt, aber typografisch immer noch einwandfrei. Wir wissen nicht, wieso wir da hingehen. Es scheint klar, dass es, wenn überhaupt, nur unangenehme Dinge zu sehen gibt, da drin, aber etwas von dem seltsamen Sog, den ein Club, so ländlich und groß und provinziell er auch sein mag, hat, ist immer noch vorhanden, und wir wissen jetzt, dass es nicht diese eigentümliche, einzigartige Mischung aus Gerüchen ist, Schnaps, Energy Drinks, Bier, Zigaretten, Schweiß und Parfum, die diesen Sog ausmacht, hier riecht es einfach verbrannt. Es ist merkwürdig, es riecht so, dass man sofort weiß, hier hat etwas gebrannt, obwohl es eine neue Art von verbranntem Geruch ist, wir haben noch nie etwas Derartiges gerochen, trotzdem wissen wir sofort, hier war ein Feuer. Die Seitenwände sind intakt. Fenster hat eine Großraumdiskothek natürlich keine, also können wir nicht versuchen, von außen einen Blick hineinzuwerfen, wir stellen uns schön brav an, hintereinander, natürlich gehen wir nach einem kurzen Moment des Zögerns los, aber die Messingständer neben uns, zwischen denen einmal Kordeln gespannt waren, die Bauzäune dahinter, das kleine Sichtfenster auf Augenhöhe in der schweren Stahlflügeltür, all das erweckt noch immer

den Eindruck des Warten-Müssens, bis man eingelassen wird, bis jemand, den man nicht kennt und nicht sieht, entscheidet, dass du bereit bist für die Welt auf der anderen Seite der Schwelle. Der rote Teppich ist schwarz. Die Tür ist von außen verriegelt, ein Barhocker steckt in den Griffen der beiden Flügel, er ist grotesk verbogen, und die Griffe wackeln in ihrer Verankerung, als wäre oft dagegen gestoßen worden, mit etwas Schwerem oder von vielen. Ich spüre den Druck der anderen hinter mir, wir wollen da jetzt rein, und in diesem Moment ist es allein an mir, das hinzukriegen oder nicht. Die Tür lässt sich nicht öffnen. Meine Augen streifen über den verwaisten Vorplatz, unwirklich leer ist es, unwirklich hell, unwirklich leise. Ich stelle mir die gut zweitausend Menschen vor, die früher unter diese Kuppel passten, die harten, monotonen Beats aus den teuren, kristallklaren Lautsprechern, das kontrolliert ausgelassene Tanzen der Landjugend, die Entfernung zur nächsten Stadt durch perfekte Technik ausgleichend, bei den Subwoofern, beim Tanzen, beim Ficken. Ich stelle mir die schönen Körper der Bauerntöchter vor, die je einen Biohof erben würden, und einen Anbau für Mann und Kind, und für die Glück im Moment vor allem MDMA bedeutete und BMW und ungeschützter Verkehr auf einem Rücksitz. Ich stelle mir ihre helle Gesichtshaut vor, zuckend im stroboskopzerhäckselten Licht, ihre Lippen und Augenbrauen, durchstochen von Schmuck, ebenso wie ihre Zungen, Brustwarzen und Bauchnabel, und für den Bruchteil einer Sekunde erwarte ich, das zu sehen, was ich im nächsten Moment niemals für möglich gehalten habe, mir nicht einmal vorstellen konnte, aber genau dann doch sehe, durch das kleine Sichtfenster in der Tür, im schwachen Licht des brüchigen Kuppeldachs: Hunderte schwarze Körper.

Was siehst du?
Nichts. Gehen wir weiter.

13 Abends sitzen wir eng beieinander, wir machen kein Feuer, wir haben kein Papier mehr, es ist heute aber auch nicht so kalt, und wir haben sowieso keine richtige Lust auf ein Feuer.

Wisst ihr noch, wie wir im Jugendzentrum den Feuerlöscher geklaut haben, sagt Gruber.

Wir hatten Wodka Gorbatschow mit Orangensaft getrunken, auf dem Parkplatz, und dann wurden wir laut und lustig und überdreht, und als wir die riesigen Türsteher und die noch riesigeren Mitglieder der örtlichen Motorradgang sahen, wurden wir wieder klein und still.

Wir stellten uns brav an und hielten die Fresse, bis sie uns kontrolliert hatten, abkassiert und gestempelt, wir standen mit all den rührend geschminkten kleinen Landmädels in der Schlange, hinter den Bauzäunen, und die Mädels trugen figurbetonte Sachen und die Haare hoch und um ihre Augen ein bisschen zu viel Kajal. Und die Türsteher hatten Bomberjacken und Headsets, und der Rothuberweg in Forstinning hatte für uns etwas vom Sunset Boulevard, das Juz war der Viper Room, damals. Und dann waren wir drin, und wir stürmten zur Bar und bestellten sofort noch einen Wodka Orange, nur Fürst nicht, der wollte Cola, der nahm Antibiotika. Und dann hatten wir schon kein Geld mehr, also gingen wir mit den halbleeren Bechern auf die Tanzfläche, und da standen wir und trauten uns nicht zu tanzen, vor uns die Mädels, hinter uns der Feuerlöscher, und wir bemerkten ihn erst, als Fürst Drygalski dagegenschubste, Drygalski fiel weich, es lagen unsere Jacken darauf. Und er hat ihn einfach festgehalten. Den Feuerlöscher und die Jacken. Und aus Spaß, um zu zeigen, dass er stark ist und gute Ideen hat, hat er ihn hochgehoben, mit den Jacken darüber, hat die Jacken darum gewickelt und sich nach vorne gebeugt, den Feuerlöscher mit beiden Armen umfasst wie ein Kind, und dann hat er geschrien, ich muss kotzen. Er muss kotzen! Achtung! Macht Platz! Und die Mädels hörten zu tanzen auf und teilten sich wie das Rote Meer, dann die Türsteher, die dann die Schlange vor uns teilten, sehr wichtig und ernst, ganz professionell eskortierten sie uns ins Freie, ein Kotzender mit einem Jackenknäuel und vier Mann Begleitung, und wir schrien immer noch, er muss kotzen, als wir schon lange draußen waren, und dann rannten wir auf den Parkplatz und lachten über die saublöden Türsteher und rannten und lachten und warfen den Feuerlöscher auf den Asphalt, wieder und wieder, so fest wir konnten, aus immer größerer Höhe, zuletzt kletterte Gruber auf ein Mülltonnenhäuschen, wir reichten ihm die schwere, rote Stahlflasche hinauf, und er hob sie sich über den Kopf wie Moses die zehn Gebote, und dann schlug das Ding erstaunlich leise auf dem Boden auf und brach nicht mal einen Kieselstein aus der glatten Oberfläche des Parkplatzes, und wir kamen aus der Deckung und stellten uns im Kreis um den kaum verkratzten Feuerlöscher, und die Begeisterung über unseren Mut und die Vorfreude auf den Schaum nahmen ganz plötzlich ab.

Wisst ihr das noch?

Ja.

14 Am nächsten Tag suchen wir an einer explodierten Tankstelle nach Papier. Wegen der extremen Hitze eines Benzinbrandes verbrennen die kleineren Schnipsel nicht, sondern tanzen weit oben im Rauch, und erst wenn das Feuer ausgeht, fallen sie wieder herunter.

So ein Gefrierschnitt ist schon beeindruckend, sagt Drygalski. Fünfundzwanzig Mikrometer. Kannst du dir vorstellen, wie viele Scheiben man da aus einem Mäusetumor bekommt?

Ich finde einen Schnipsel und versuche, den Knoten der Plastiktüte an meinem Gürtel zu lockern, es ist nicht möglich mit einer Hand, ich stecke den Schnipsel in den Mund und werfe Drygalski einen Blick zu.

Es ist verrückt. Da liegen die Leute auf der Krebsstation und warten darauf, dass jemand wie ich das richtige Mischungsverhältnis findet. Liegen einfach da und warten und fragen sich, wer schneller fertig ist, mein Präparat oder ihr Leben.
Wenn es ihnen zu lange dauert, bestellt ihr Krankenhaus halt bei einem anderen Labor, sage ich.
Ja, das stimmt natürlich, sagt er, mit dem Fuß dreht er eine verkohlte Leiche auf den Rücken und sieht nach, ob die Brieftasche noch existiert. Im brüchigen Leder Reste von einem Fünf-Euro-Schein. Gut. Unverbranntes Papier.

15 Wenn wir durch Buschwerk gehen, halten wir einander die Äste zur Seite. Wir greifen vorsichtig in die spitzen, harten Zweige, bis unsere Hände Halt finden, und dann schließen wir die Finger, ganz langsam, damit sie ausweichen können, wenn sie auf Dornen stoßen, und wenn sich der Griff um den Zweig dann geschlossen hat, schieben wir ihn vor uns her, wir folgen seinem Ursprung im Halbkreis, bis der Weg frei ist. Der, der den Zweig hält, bleibt stehen, bis die anderen vorbeigegangen sind, dann lässt er los, und der Ast schnellt zurück, greift nach dem, der nach ihm gegriffen hat, aber wir sind dann schon nicht mehr da.

16 In der Dämmerung sehen wir ein Kind. Es sitzt etwas abseits des Weges, der eigentlich kein Weg ist, sondern ein Pfad, und es sitzt aufrecht und sachlich und introvertiert einem verkohlten Zelt zugewandt und schlägt in regelmäßigen Abständen mit einem morschen Ast darauf ein. Wir bleiben stehen. Die Form und die Verhältnisse des kleinen Körpers lösen erstaunlicherweise keinen Beschützerimpuls in uns aus, auch keine Rührung oder Wärme. Wir sehen das Kind an, sehen das lichte Haar auf dem Hinterkopf, den zu kurzen Hals, die kurzen, weichen Glieder, die grobe, sinnlose Bewegungen ausführen mit großer Ernsthaftigkeit und Konzentration, als handelte es sich beim Schlagen von verkohltem Holz auf Nylonplanen um ein wissenschaftliches Experiment. Das Kind ist noch recht gut genährt, es wird bestimmt noch eine Woche überleben, wenn es nicht plötzlich wieder kälter wird, vielleicht ist die Mutter ja nur Wasser holen oder so, wir lassen es in Frieden. Als wir uns wieder in Bewegung setzen, dreht sich das Kind um und sieht uns an. Ich habe Angst, dass es zu weinen beginnt, weil ich nicht weiß, was wir tun würden, um es dazu zu bringen, wieder aufzuhören. Aber es mustert uns nur, einen nach dem anderen, mit völlig ausdruckslosem Gesicht, dreht den Kopf wieder zu dem verbrannten, eingefallenen Zelt und schlägt mit dem verkohlten Stock dagegen: Patsch, patsch, patsch. Wir gehen weiter. Nach einer Weile finden wir die Eltern, sie liegen im Gebüsch mit eingeschlagenem Schädel.

17 Gruber macht Liegestütze. Eins, zwei. Dann hört er wieder auf.

Müde, was, sagt Drygalski, und Gruber sieht ihn verständnislos an, als hätte er gesagt, das ist ja wieder mal eine Erdanziehungskraft heute, oder, wir waren auch mal jünger, oder, ach, wie die Zeit vergeht.

Wie die Zeit vergeht. Ich weiß nicht, wie das passiert. Ich habe keine Ahnung, wie das vor sich geht, was vor sich geht, welcher physikalische Prozess dieses Kippen verursacht, dieses Wanken und Fallen, vom Gleich ins Jetzt und dann und dann und dann.

Dann sagt Golde: Wir müssen nach Norden. Und was sollen wir da machen, denke ich. Man sieht nur Wolken und Bäume. Für einen Moment hören wir nur unser Atmen und nassen Schnee, der von Ästen fällt.

Golde geht los, er tritt selbstsicher in den matschigen Untergrund aus Wurzeln und Sulz, wir zögern, und seine Schritte wirken etwas zu schnell, zu entschieden gesetzt, so ganz überzeugt es uns nicht, er hat nicht einmal in den Himmel geschaut, vermutlich will er nur Zeit schinden, bis es aufklart oder dunkel wird, und seine Augen haben auch nicht besonders lange in unsere gesehen, er wollte uns nicht überzeugen, er will nur sich selbst überzeugen, und dazu muss er jetzt gehen. Natürlich folgen wir ihm.

Als er unsere Schritte hinter sich hört, geht er runder, die Anspannung in seinen Schultern lässt nach, irgendwann sieht er sich um.

Macht schon.

Um seine eingefallenen Wangen und trockenen Lippen ein leichtes Lächeln. Er ist froh, dass wir folgen. Ich bin es auch.

Wir kommen an einen Bahnübergang, die Schranke ist unten, wir bleiben instinktiv stehen. Drygalski nimmt seine letzte Zigarette aus der roten Gauloises-Schachtel und zündet sie an. Seine schweren, massigen Hände ruhen auf dem rotweißen Stahl. Ohne Autos und ihre Fahrer, die sie aus größerer Entfernung sehen müssen, wirkt die Schranke übertrieben bunt. Nach und nach treten wir neben ihn. Er raucht, wir stehen, die Schienen glänzen vom Regenwasser. Der Rauch zieht nach oben, er kommt stoßweise aus Drygalskis Nase und löst sich dann auf in nichts. Wir ruhen uns aus. Es ist eine gute letzte Zigarette. Es gibt keine schwere Entscheidung, keinen Abschied, niemand ist gestorben. Wir stehen einfach nur an einer Eisenbahnschranke. Drygalski raucht. Wir warten. Als er fertig ist, gehen wir an der Schranke vorbei. Obwohl ich nicht damit rechne, dass auf diesen Schienen noch etwas fährt, bin ich erleichtert, als wir auf der anderen Seite sind.

18 Neben einem kleinen Holzkreuz am Straßenrand bleibt Fürst stehen und blickt auf vollgeregnete Grablichter. Seine braunen Haare kleben in Strähnen quer auf seiner gewölbten Stirn, wie gekappte Kabel.

Ich kann nicht mehr.
Dann bleib halt hier.

Einer nach dem anderen gehen wir an Fürst vorbei. Drygalski bleibt neben ihm stehen. Er dreht sich zu ihm und sieht ihn an, Fürst sieht zu Boden, der Regen fließt über ihre Stirn und Nase, mit der rechten Faust reibt sich Drygalski Wasser aus den Augen. Dann bückt sich Fürst, er öffnet die Schleifen seiner schweren Bergschuhe, sie sitzen fest, er muss fest ziehen, um sie zu öffnen, erst links, dann rechts, dann bindet er sie neu, erst links, dann rechts, und Drygalski steht still dabei und sieht zu, und als Fürst sich aufrichtet, nickt er, und dann nickt auch Fürst und streicht sich die braunen Strähnen aus dem Gesicht. Sie gehen weiter.

19 Drygalski beschwert sich am wenigsten, aber wir alle wissen, dass er am meisten leidet. Früher hat er als Erster schlechte Laune bekommen, wenn wir zusammen unterwegs waren und sich die anderen nicht entscheiden konnten, wo oder was man essen soll, oder wann, oder ob. Drygalski war früher der Dicke. Erstaunlicherweise haben wir ihn nie deswegen verarscht, ich habe das damals schon nicht recht verstanden, andere Dicke hatten weniger Glück, wenn sie uns über den Weg liefen, im Schulhaus oder im Jugendzentrum, aber bei ihm war das anders, vielleicht, weil er eben schon immer dagewesen war, in unserer Mitte, und immer schon dick, so dass sein Dicksein uns nicht mehr herausforderte, wir nahmen sein Dicksein hin wie eine lästige Angewohnheit, und lästige Angewohnheiten hatten wir auch, und wenn er hechelnd als Letzter durch die U-Bahn-Tür stürzte, die wir ihm aufhalten mussten, wenn er einen Steilpass nicht erreichte oder ihm ein gegnerischer Stürmer davonlief, wenn er unsere Freundinnen anstarrte, auffällig unauffällig, aus dem Augenwinkel, oder unsere Pommes, dann sprachen wir über das Wetter.

20 Wir finden eine verlassene Feuerstelle am Rande einer Lichtung, wir sehen das zertrampelte Gras aus der Ferne, wir sehen das tiefe Schwarz der verbrannten Äste, das Grau der Asche auf dem löchrigen Schnee und dem Matsch und der dunkelgrünen, aufgeweichten Wiese. Wir merken, wie Drygalski nervös wird, ganz einfach daran, dass er sich so zusammenreißt und am wenigsten Gefühlsregungen zeigt von uns allen.

Ob es da wohl noch was gibt?

Fürst kann sich nicht so gut beherrschen. Unruhig beißt er auf seinen schmalen Lippen herum. Niemand antwortet. Wir gehen näher heran. Dann stehen wir um die Asche und das schwarze Holz und atmen und sehen einander nicht in die Augen, wir sehen nur in die Asche, und wir sehen, dass es in diesem Lager nichts gibt außer grauer Asche und schwarzem Holz. Halbherzig tritt Drygalski gegen einen verkohlten Ast. Feine Flocken fliegen um unsere Knie.

21 Dinge vom Boden aufheben. Äste. Steine. Steine, die anders geformt sind als andere Steine und von denen man für einen Augenblick denkt, sie hätten vielleicht eine andere Funktion als das Stein-Sein, wenn man ihre unerwartete Form von Nahem sieht, wenn sie in der Hand ruhen, wenn man sich wieder aufgerichtet hat und der Schmerz im Rücken vom ständigen Bücken abklingt. Und dann wirft man sie wieder weg und denkt nicht weiter darüber nach. Hier und da Plastiktüten. Durchsichtige Schutzhüllen für Waren, die nicht mehr erhältlich sind. Laub.

22 Dann bricht sich Fürst den Fuß. Es ist kein Loch, kein Stein, nichts Unvorhersehbares, nur ein Entwässerungsgraben quer über einem Feldweg, und der Graben ist mit Metall eingefasst, und das Metall ist noch nicht so rostig und mit Schlamm überzogen, dass man es hätte übersehen müssen. Es knackt wie Hunderte Male zuvor im Wald, diesmal gibt es aber einen kurzen Aufschrei und dann ein schweres Atmen, und dann sehen wir ihn, wie er noch einmal versucht, den Fuß aufzusetzen, mit schmerzverzerrtem Gesicht, dann den Kopf zu schütteln beginnt, es noch einmal versucht, nein, das geht nicht, er hüpft ein paar Meter auf einem Bein, so als gäbe es irgendwo eine Bank oder einen Lehnstuhl oder ein Bett, als hätte er es fast geschafft, nur ein bisschen noch, dann kannst du dich ausruhen, und wir bandagieren dir den Fuß, und du bleibst erstmal im Bett und erholst dich, und dann kann er nicht mehr auf einem Bein hüpfen, wir sind schwach und haben lange nichts mehr gegessen, und er fällt vornüber auf Knie und Hände, verharrt einen Augenblick, und wir wissen nicht, ob sein Rücken zuckt, weil der Fuß weh tut, oder weil er schluchzt, und dann sinkt er langsam in das nasse, dicke Gras, erst Bauch, dann Brust, dann Gesicht.

Er liegt ein paar Minuten so da, völlig reglos, Gruber geht zu ihm hin, beugt sich hinunter, aber Fürst schüttelt nur den Kopf. Einmal schreit er noch auf, als Drygalski vorsichtig seinen Fuß berührt, wahrscheinlich um zu testen, wie schwer die Verletzung ist, aber der Schrei ist so voller

Wut und Endgültigkeit, dass wir danach alle verstanden haben. Der Fuß steht in einer unnatürlichen Position ab, seitlich, es ist klar, dass man mit so einem Fuß nicht mehr gehen kann, das Einzige, was man mit so einem Fuß tun kann, ist liegen. Wir stehen. Wir schauen. Wir schweigen.

Ehe wir weitergehen, tragen wir ihn noch zu einer Eiche am Wegrand, wir setzen ihn an den Stamm, in Blickrichtung der unscharf aus dem Nebel hervortretenden Felstürme des Wilden Kaisers oder Hahnenkamms oder was auch immer hier langsam in Sicht kommt, wir drehen seinen Kopf in die Richtung, in die er gesehen hat, als er den Entwässerungsgraben, der seinen Fuß unbrauchbar gemacht hat, nicht gesehen hat, und wenn sich nachher seine vor Schmerz verkrampften Züge wieder entspannen, wird er genau die Berge sehen, die er gesehen hat, als er noch im Besitz zweier gesunder Füße war und sein einziges Problem eine aus den Fugen geratene Welt. Dann gehen wir. Wir lassen ihn sitzen im nassen Gras, und wir hoffen, dass es heute Nacht nicht so kalt wird, dass er im Dunkeln sterben muss. Aber kalt genug, dass es bald nach Sonnenaufgang vorbei ist.

23 Ich stelle mir Fürst vor, vor ein paar Wochen, wie er aufwacht, ehe der Wecker klingelt. Er steht sofort auf, streckt sich, putzt seine Zähne, duscht, zieht sich an. Er legt eine saubere Jeans an, ein sauberes Hemd, einen sauberen Pullover, er föhnt seine Haare und kämmt sie, er trägt etwas Gel auf, seine Haare sitzen gut, seine Kleider passen genau. Fürst ist ein guter Architekt. Ich stelle mir vor, wie er seine geräumige, geschmackvoll eingerichtete Wohnung verlässt, die günstig ist, weil sie am Stadtrand liegt, Fürst ist ein Mann, der aufs Geld achtet, sich aber auch mal etwas Gutes gönnt, denn er weiß, was gut ist. Ich stelle mir vor, wie er in seinen gebraucht gekauften Audi A4 Avant steigt und aus der Tiefgarage fährt, Richtung Innenstadt, und er ist froh, dass er schon so früh unterwegs ist, denn er wird heute beim Dengler klingeln, ehe der Dengler ihn anrufen kann, der Dengler ruft nämlich seit einer Woche jeden Tag an, obwohl es trocken ist und auch kein Regen vorausgesagt, und obwohl sie seit einer Woche beide wissen, der Dengler und der Fürst, dass der Fürst zum Dengler kommen wird an diesem Freitag, ganz früh am Morgen, 7.30 Uhr, schließlich haben beide noch was anderes zu tun, der Dengler arbeitet bei Siemens, und Fürst ist eigentlich schon beim nächsten Projekt. Der Neubau, in dem der Dengler eine Eigentumswohnung erworben hat, ist schon lange fertig, aber beim letzten Unwetter ist der Balkon vollgelaufen, das kann nicht sein. Ich stelle mir vor, dass Fürst nichts gegen den Dengler hat, aber er mag es nicht, wenn Menschen, die nichts von bestimm-

ten Dingen verstehen, meinen, zu genau den Dingen, von denen sie nichts verstehen, Ratschläge erteilen zu müssen, vor allem, wenn es darum geht, was schön ist und was nicht, klar, jeder hat seinen eigenen Geschmack, das muss man respektieren, aber wenn sie selber so genau wissen, wie was sein muss, warum beauftragen sie dann überhaupt einen Architekten, es gibt da Leute, das kann man sich gar nicht vorstellen, was die für Vorstellungen haben, die wollen dann eine dorische Säule in der Garagenauffahrt oder einen Erker auf einem Flachdach oder was nicht noch alles, aber ein Balkon, der nicht abläuft, das geht natürlich nicht. Ich stelle mir vor, dass Fürst in so einem Fall gern nachsehen kommt, der Dengler hat ja schließlich Wertarbeit bestellt und bekommen, planerisch zumindest, soviel ist sicher, und was diese ungarischen Poliere, der polnische Vorarbeiter und die montenegrinischen Betonmischer da veranstalten, das kann man ja nicht immer im Blick haben, sagen ja, ja, und haben keine Ahnung, worum es eigentlich geht, wie oft hat Fürst schon frisch verschalte Wände wieder aufreißen lassen müssen, weil es denen egal ist, ob da später noch Kabel reinmüssen oder Fenster oder Zierleisten. Ich stelle mir vor, was Fürst so alles durch den Kopf geht, am Steuer, auf der Ausfallstraße, an einem sonnigen Morgen auf dem Weg zur Arbeit, und dann schaltet die Ampel auf Gelb, und Fürst gibt erst Gas, merkt dann, dass er es nicht mehr schafft, die Ampel wird rot, und dann bremst er, das Telefon klingelt, er bremst härter, er kuppelt aus, das Telefon klingelt, er bremst noch härter, und dann fällt das Telefon vom Beifahrersitz in den Fußraum, und Fürst ruft, Dengler, du Arschloch, und überfährt die Haltelinie um einen guten Meter, und dann hebt Fürst das Telefon auf und hebt ab und sagt, guten Morgen, Herr Dengler.

24 Wir finden einen noch nicht völlig ausgebrannten Golf II. Wir nehmen die Fußmatten heraus. Wir reißen die Nummernschilder ab. Wir klauben angebrannte Reste von Teppich aus dem Fußraum und legen sie auf einen Haufen. Wir treten die Stoßstange herunter. Wir schneiden mit den Nummernschildern die Wischerblätter von den Metallarmen. Wir lesen: Bosch. Wir legen das Gummi zu den Fußmatten. Wir ziehen am verkohlten Gurt, aus dem Straffer kommen noch zwei Meter intakter Sicherheitsgurt hervor, wir ziehen ihn so weit heraus wie möglich und schneiden ihn dann ab, ebenfalls mit den Kennzeichen. Wir ziehen die Kopfstützen aus den Vordersitzen heraus, das Polster ist völlig verbrannt, die Metallstäbe brechen wir auseinander. Mit den Stäben hebeln wir die geschmolzenen Plastikschnapper des Sicherheitsgurts aus der Verankerung. Wir zerren an den rußigen Felgen. Wir schlagen die Scheiben ein.

Schaut mal, sage ich.

Ich halte das herausgerissene Lenkrad in der Hand. Wir sehen es eine Weile an. Dann werfe ich es ins Gras, hinter die Gummimatten und die Wischerblätterstückchen. Wir gehen weiter. Wir nehmen nichts mit.

25 Am nächsten Tag starker Regen. Im trüben Film des fallenden Wassers sehen wir neben der Straße eine riesige Grube, und aus der Grube ragen Mauern, einzeln, unverbunden, und an den Mauern wachsen Brücken aus Stahlrohren, eine Plastikplane bewegt sich im Wind, immer wieder prasselt der Regen darauf, und dann immer wieder nicht, ein Rauschen, das kommt und geht, ich denke ans Meer. Aus der Oberseite der Mauern ragen Stahlgitter. Und zum ersten Mal wird mir beim Anblick einer Baustelle bewusst, dass es gar nicht so einfach ist, Kriterien zu bestimmen, nach denen entschieden werden kann, ob etwas auf- oder abgebaut wird, das Halbfertige ist eben immer halb fertig, die Entfernung zum Neuen genauso groß oder klein wie zum Nichts.

Kommt weiter, sagt Golde.

26 Drygalski hält eine Krähe ohne Kopf an einem Ast über ein viel zu stark rauchendes Laubfeuer und sagt: Habt ihr von diesen Künstlern in Texas gehört?

Was?

In einer Kleinstadt namens Marfa. Die haben in Assessment-Seminaren unter ihren reichsten und treuesten Sammlern sieben ausgewählt, die ihre neuesten Werke exklusiv bekommen sollten.

Nein.

Das sind ultraradikale Monisten.

Was?

Die sehen Atome höher an als Menschen.

Okay.

Und deswegen bekamen auch nur diejenigen ihre neuen Werke, die sich vertraglich verpflichteten, sie sogleich an sich selbst anzuwenden.

Okay.

Und auch nur, wenn sie den Künstlern ihr gesamtes Vermögen vermachten.

Okay.

Der Rauch brennt in unseren Augen.

Was sind das für Werke?, sagt Golde.

Phallusförmige Zyankalikapseln, sagt Drygalski.

Im Maßstab eins zu eins?, sagt Gruber.

Was?

Egal.

Für Männer oder Frauen?

Für beide. Radikale Monisten sind natürlich transsexuell.

Natürlich, sage ich.

Der lauwarme, halbverweste Vogel schmeckt lauwarm und halbverwest.

Zyankalikapseln, sagt Gruber nach einer Weile.
Ja?, antwortet Drygalski.
Wie lange dauert es, bis so was wirkt?

27 Vor ein paar Wochen spielten wir unser Spiel. Wir hatten es immer gespielt, wenn wir genug waren und auf einer Hütte und schon alles beredet hatten, was es im Moment zu bereden gab. Golde stand auf und holte einen Block Post-its aus seiner Laptoptasche. Fürst holte Kugelschreiber aus der Schublade des Küchenschranks. Block und Stifte fielen in die Mitte des Tisches. Hände griffen danach, manche schneller, manche langsamer. Einige fingen sofort an zu schreiben, andere dachten angestrengt nach. Einige glaubten, eine besonders gute Idee zu haben, anderen war es egal, wie gut die anderen ihre Idee finden würden, oder sie taten zumindest so. In der Stube war es beinahe heiß. Am kalten Glas fror das Kondenswasser unserer Atemluft. In den Fensterscheiben verzerrte Spiegelungen von Rücken und Hinterköpfen, von alten, bäuerlichen Gebrauchsgegenständen, Pfannen über dem Ofen, ein Schrank voller eleganter Rotweingläser, die Grubers hatten Geschmack.

Auf die Zettel wurden Namen geschrieben. Namen von großen Frauen und Männern, von Mördern, Diktatoren und Propheten. Von Menschen, die jeder in der Runde kannte und die denen auf die Stirn geklebt wurden, zu denen sie besonders gut passten oder genau nicht. Das Spiel hieß: Wer bin ich? Und es begann für jeden jedes Mal mit der gleichen Frage: Lebe ich noch?

Wir saßen und tranken und lachten und stellten die mehr

oder weniger richtigen Fragen, mit mehr oder weniger Engagement, und von außen betrachtet war es wie immer, aber etwas war dennoch anders. Es war etwas von der Selbstverständlichkeit verloren gegangen, mit der wir früher nebeneinander saßen, standen, gingen oder rannten, während die Welt über uns hereinbrach und wir dasselbe sahen, rochen und hörten, und wir hatten es damals nicht einmal nötig, zu kommentieren, was da geschah, wir kannten uns, und wir wussten genau, was in uns und den anderen vorging, wir waren hier, und da war da draußen, vor uns, hinter uns, unter uns, die Anderen, die Kleinen, die Großen, die Eltern, die Mädchen, die Lehrer, die Tafel, das Periodensystem der Elemente, die Hausaufgaben, die Nachmittage, im Sommer kurz, grell und laut, im Winter endlos und leer. Der differenzierte Sportunterricht, die löchrigen Wiesen, die Tartanbahnen, die schmutzigen Duschen im Keller vom Fußballverein, der Schlamm des Hartplatzes in den Tausendfüßlern, der Geruch in der Trikotkiste, in der man mit gespielter Ruhe seine Rückennummer suchte, in einer fremden Kabine, bei einem Auswärtsspiel; die Disko im Jugendzentrum, die Türken, die Jugos, die unerreichbaren Mädels, die sich bestimmt von denen küssen ließen, lange bevor wir wussten, wie man eine Hand hält; der billige Pizzalieferant am künstlichen See im Einkaufszentrum; das Glück, das letzte Randstück zu bekommen vom Leberkäs, beim Metzger gegenüber der Schule.

Es war stiller als sonst. Die Schneekanonen waren aus.

28 Wir sitzen in der nächsten Kühlkammer, im nächsten Supermarkt, im nächsten Dorf, wir sind durstig, weil es kein Wasser gibt, wir sind satt und voll von einer Familienpackung kaltem Mikrowellenkäsefondue, und Drygalski sagt, es liegt an der Psyche. Alle historischen Katastrophen sind letztlich auf psychische Erkrankungen zurückzuführen. Neurosen, Psychosen, Hysterien, das beginnt mit den Hexenverbrennungen und endet beim Dritten Reich. Beziehungsweise, wie wir sehen, endet es eben nicht.

Hm.

Statistiken haben gezeigt, dass der Verbrauch von Antidepressiva in der westlichen Welt in den letzten zehn Jahren um fünfhundert Prozent zugenommen hat. Fünfhundert Prozent! Das muss man sich einmal vorstellen.

Golde nickt, als wollte er sagen, das ist in der Tat viel. Die anderen Gesichter sind im Dunkeln nicht zu erkennen. Aber man hört, dass sie alle noch wach sind.

Die neue Geißel der Menschheit heißt chronisches Erschöpfungssyndrom. Allen ist alles zu viel, zu kompliziert, zu egal. Die meisten wollen in Ruhe fernsehen und schlafen. Aber so kann man keine Gesellschaft organisieren.

Ich glaube, nur so kann man eine Gesellschaft organisieren, sagt Golde. Wer fernsieht, begeht keine Verbrechen.

Keine Ahnung, sagt Gruber, er hat keine Lust auf eine Diskussion.

Ist ja auch ganz egal, sagt Drygalski. Jedenfalls bin ich überzeugt, dass wir in die Phase der kollektiven Depression eingetreten sind, nach der letzten kurzen Phase der

Manie während des Nationalsozialismus folgt nun die kollektive Depression.
Wieso jetzt? Und wieso eine Depression?
Weil es uns so gut ging. Als es uns schlecht ging, wurden wir manisch. Jetzt geht es uns gut, und wir werden depressiv. Das ist doch immer so. Unser Gemüt stellt sich gegen die Welt da draußen. Ein Abwehrmechanismus. Das ist das normalste, das fundamentalste Prinzip des Seins. Wir sind alle Elektronen, jeder will das, was er nicht hat, wird, was er nicht ist, plus, minus, schwarz, weiß.
Dann müssten wir ja jetzt ziemlich bald sehr, sehr glücklich werden.
Wieso, bist du unglücklich?
Bist du glücklich?

29 Nur noch diese eine Kurve, dann machen wir eine Pause. Hinter der Kurve: ein umgekippter Tanklaster. Gummifetzen hängen von dicken Stahldoppelfelgen, sie stehen still in der Luft, aber sehen so aus, als würden sie sich noch drehen. Die Muttern sind schwarz von Ruß. Ich frage mich, was hier passiert ist, wie es sein kann, dass so ein großes Fahrzeug auf einem geraden Streckenabschnitt einfach so umfällt, und dann sehe ich Baumstämme, kurz vor dem umgestürzten Tanklaster, die man angespitzt und schräg in den Boden gerammt hat, in Löcher, die man vorher in den Teer gehauen hat, rechts, beim Standstreifen, und ich sehe andere Stämme und Steine, mit denen man die angespitzten, in den Boden gerammten Stämme aufgebockt hat. Es muss nachts passiert sein, vielleicht auch am Tag, vielleicht waren da noch mehr solche Rampen, vielleicht reichten sie quer über die ganze Straße, vielleicht konnte der Tanklaster nicht ausweichen, das Vorderrad hob ab, und er kam ins Kippen. Ich stelle mir vor, dass es langsam vor sich ging, wie in Zeitlupe. Das Vorderrad hebt sich, es gibt einen Ruck, dann ein Knirschen, als sich das Führerhaus gegen den Anhänger dreht, nach links, und dann ist es für einen kurzen Moment still, das Motorengeräusch nimmt man angesichts der in der Luft stehenden, nach links geneigten Zugmaschine nicht wahr, eher, dass sie braun ist und der Lack schon abblättert und dass hinter ihr, am Rand der Straße, dichter dunkelgrauer Nadelwald steht, und dann wird es plötzlich laut, ein harter, dröhnender Schlag, aus dem Nichts, und das Dröhnen verhallt nicht, sondern franst aus, geht nahtlos über in ein Schleifen und Knirschen und Biegen, ein Überdehnen und Brechen und mitten hinein in ein Geflecht ungesunder Geräusche noch ein Schlag, dumpfer, dröhnender, und ein neues, jetzt gleichmäßiges Schleifen, und das Verbiegen und Brechen ist weg, es ist nur noch ein Schleifen, erstaunlich lange, dann wird es leiser, und als es zum Stillstand kommt und dann doch noch verklingt, ist der Tanklaster nicht mehr ein Tanklaster, er ist kein künstliches, praktisches Produkt menschlicher Intelligenz, zusammengesetzt von Maschinen, sondern eher ein sterbendes Tier, ein Husten und Röcheln und ein langsames, vollständiges Ausatmen.

Ich stelle mir vor, dass es nicht lange gedauert hat, bis sie da waren, die Leute in zerrissenen Skijacken und Wanderstiefeln, die sich behutsam aus den Baumreihen schälten, der Tankwagen rutschte noch ein wenig weiter, aber er war gefallen, das war die Hauptsache. Ich stelle mir vor, dass sie sich ihrem Werk gemächlich näherten. Sie hatten keine Eile.

Ich stelle mir vor, dass der Mann im Führerhaus Eile hatte, aber wahrscheinlich auch ein gebrochenes Schienbein, also musste er liegen und warten, und er wusste, was kam, später, als die silbernen Tanks leer waren, weder Treibstoff enthielten noch Alkohol, oder Milch, oder geschmolzenen Schnee, sondern nichts mehr als Luft, und dann saugten sie den letzten Rest Diesel aus den Reservetanks und übergossen damit das Führerhaus, und es brannte erst nicht so richtig, aber dann doch, und es qualmte fürchterlich, dick und übertrieben, eine dumme, sinnlose Angeberei von einem Feuer, in dem der zerbrochene Körper des Fahrer langsam verschwand. Ich stelle mir vor, dass er dabei nicht einmal schrie.

Komm schon.

Golde steht neben mir. Drygalski und Gruber sind schon voraus.

30 Am Abend betritt Golde als Erster die verfallene Fischerhütte, auf die wir an einem kreisrunden Teich stoßen, umstanden von hohem Schilf, und natürlich holt er als Einziger etwas trockenes Holz da heraus, einen Stuhl, überraschenderweise vollkommen intakt, und natürlich tritt er ihn sofort in Trümmer, während wir anderen die vermoderte Dachpappe von den zerbrochenen Balken reißen, Büschel von Schilf umknicken, die Pappe darauf legen und dann uns selbst. Es ist nass, und der Weiher stinkt, aber so weich haben wir lange nicht gelegen. Wir rücken eng aneinander, so wie wir es immer tun zurzeit, wir haben einfach noch keine Lust, zu erfrieren, warum, können wir auch nicht genau sagen, wir wissen nicht, worauf wir warten oder was wir zu finden hoffen auf unserem Marsch durch eine Landschaft, die nichts weiter ist als eine ständige Erinnerung daran, dass nichts mehr so ist wie früher. Glücklicherweise stellen wir uns auch keine Fragen mehr, wir liegen im schwachen Schein von Goldes brennendem Stuhl, und ich spüre vor mir Drygalski und hinter mir Gruber, und dann höre ich Gruber sagen: Liebe ist schon was Merkwürdiges.

Das Problem sind die eigenen Erwartungen, sagt Drygalski.

Nacho ist mir zu brutal, sagt Gruber. Mit seiner plumpen Gewalt will er nur die fehlenden Zentimeter gegenüber Rocco kompensieren. Das Metallarmband. Die Tätowierungen. Hier ist einer, der fickt dich hart, sagt sein ganzes Auftreten. Er fickt sie dann auch hart, aber eben nur das.

Mehr passiert nicht. Es geht ihm zu sehr darum. Um die eine große Frage, die seine übertriebene Härte und Aggressivität immer wieder aufs Neue hinausbrüllen: Ficke ich hart genug? Was so viel heißt wie: Liebt mich jemand?
Ich weiß nicht, sage ich.
Bei Rocco ist das etwas ganz anderes. Der fragt sich nicht, ob er sie hart fickt. Der fragt sich nicht einmal, ob er sie überhaupt fickt. Der nimmt die Frauen und schaut sie sich erst einmal ganz genau an, in Ruhe, untersucht sie wie seltene, scheue Tiere, Schmetterlinge, Laternenfische, Riesenwarane, wie Kunstwerke, wie eine neue, ihm völlig fremde Lebensform, er betastet, riecht, schmeckt jeden Zentimeter ihres Körpers, die schlecht rasierten Achselhöhlen, die schmutzigen Sohlen ihrer Füße, die Arschlöcher.
Die interessieren Nacho auch, sagt Drygalski.
Aber ihn interessieren nur die Arschlöcher! Und die Vulven, die Münder. Alles andere ist für Nacho irrelevant. Rocco will ihre Gehirne ficken. Ihre DNS. Es ist offensichtlich, dass dieser Mann vor Kummer sterben würde, wenn es keine Frauen mehr gäbe. Das ist Liebe.
Ich schüttele den Kopf: Aber er fickt sie härter als irgendwer anders. Er fickt sie, als wären sie Möbelstücke.
Wieso soll man Möbel nicht lieben?

Ich setze mich auf und sehe ins Feuer. Man erkennt nicht mehr, dass das, was da brennt, mal ein Stuhl war.

31 Die Angst, mit Fieber und Schüttelfrost unter einem Haufen feuchtem Laub zurückgelassen zu werden, wenn unsere Beine uns nicht mehr tragen, wenn der Anstieg nicht endet oder die Abwehrkraft unseres Körpers nachlässt, ist gering, verglichen mit der Überwindung, die jeder einzelne Schritt erfordert. Wir hassen das Gehen. Wir hassen den Boden, den unsere Füße unter uns durchziehen müssen und auf dem wir stehen würden, würden wir aufhören, uns zu bewegen. Wir hassen die kühle, reine Luft, die mit jedem der flacher und schneller werdenden Atemzüge in unsere Lungen strömt, weil es die gleiche Luft ist, die uns frieren lässt an den Stellen, an denen wir schwitzen. Wir hassen das Licht, das uns zeigt, wie viel Boden und Wald und Anstieg es vor und hinter und neben uns gibt, wie viel leeren Raum darüber, wie viele wir noch sind, und wie viele nicht mehr, und wie ausgemergelt, ungepflegt, hässlich und dumm wir aussehen. Alles in allem mögen wir diese Welt nicht mehr besonders. Trotzdem setzen wir weiter schön brav einen Fuß nach dem anderen in sie hinein.

32 Am Morgen nach unserer Ankunft auf der Hütte machte einer Frühstück, vier andere sahen zu. Mach das Olivenöl nicht so heiß. Mehr Speck zu den Eiern. Weniger Zwiebeln. Mehr Eier. Weniger Speck.

Wir aßen. Dann begannen wir, darauf zu warten, dass unser Wochenende vorüberging. Wir sahen ins Tal. Jemand rauchte. Wir tollten ein bisschen im Schnee. Wir sahen ins Tal. Wir bauten eine Schneebar, die Aufgabe verortete uns für eine Weile ganz neu hier am Hang, in den Alpen, im Universum. Als die Bar fertig war, schenkten wir uns schnell je ein Weißbier ein und stellten uns um den weißen Quader, der aus dem Steilhang emporragte, das Wetter war so lala, wenigstens schneite es nicht, man konnte sich gut draußen aufhalten. Golde, Fürst, Gruber und ich tranken oder sahen uns an, unsere Blicke sprangen von Gesicht zu Glas zu Gesicht, und wenn wir gerade kein Glas am Mund hatten, lächelten wir uns zu. Drygalski blickte lange schweigend ins Tal, dann sagte er: Ist schon wirklich sehr schön, diese Aussicht, nicht wahr?

33 Ich wache auf. Die Kälte und die Feuchtigkeit des Bodens fühlen sich vertraut an, ebenso die Plastikplane, auf der meine Hand liegt auf der meine Wange liegt, und für nachts darübergelaufenen Speichel ist mein Mund schon lange zu trocken. Nur noch ein bisschen liegen bleiben. Nicht, weil es so bequem wäre, sondern weil das Aufstehen so erschreckend folgenlos bleibt, für die Stimmung, die Körpertemperatur, das Hungergefühl.

Und dann ändert sich plötzlich wieder einmal alles, alle Farben, Klänge, Gerüche, von einem Moment auf den anderen, und der Himmel macht ein Geräusch, und feine Tropfen fallen, seitlich, im Rhythmus des ebenso plötzlich aufkommenden Windes. Es regnet. In unserer Situation – eingepackt in gerissene Planen, unter einem löchrigen Dach aus halbherzig ineinandergesteckten Tannenzweigen, wartend, dass wir irgendwann trocknen und uns aufwärmen oder sterben – stellt dieser Vorgang eine gewisse Enttäuschung dar. Aber irgendwie macht es uns froh, zu sehen, dass die Welt so vollkommen ohne unser Zutun tut, was sie tut.

Wir essen, was wir finden. Wir essen einen erschlagenen Hund. Wir essen zwei erschossene Hausschweine und ein zur Hälfte verbranntes Schaf. Das Essen von zufällig Verendetem hat etwas Entwürdigendes. Klar, ein Schnitzel ist auch tot, aber es wurde getötet, damit wir es essen. Die Tiere, die wir widerwillig zu uns nehmen, ab und zu einen

Brechreiz unterdrückend oder auch nicht, sind einfach so tot, unabhängig von uns, sie wären sowieso gestorben, ob wir vorbeikommen, sie aufheben, essen und verdauen oder nicht. Unsere Vorfahren waren Jäger, Züchter, Schlachter. Wir sind nur noch zu groß geratene Bakterien.

34 Von weitem sehen wir einen Hochspannungsmast mit mehreren dunklen Punkten auf Höhe der Leitungen. Wir kommen näher. Wir sehen die Trasse, die von rechts über den Kamm durch den Bergwald hinabführt, in einer übertrieben breit wirkenden Schneise, über der Straße teilen acht Kabel den grauen Himmel und führen links von uns wieder bergauf, wo sie in einer langen, sanften Welle im Nebel verschwinden. Wir kommen näher. Die Punkte am Mast werden zu Klumpen. Wie ausgelaufener, geronnener Strom. Zwei größere Klumpen dort, wo die Kabel am Mast vorbeiführen, sechs, sieben kleinere weiter unten. Auch auf dem Boden liegen Körper in verschiedenen Größen, sie sind schwarz, wie wir jetzt erkennen, die am Mast hängenden auch. Wir bleiben stehen und blicken nach oben. Die Klumpen sind Knäuel von verbrannten Menschen, miteinander und mit Leitungen und Stangen verschmolzen, schwer zu sagen, wie viele, sie sind zu stark verbrannt, gekrümmt, geschrumpft. Aus einigen der kleineren Klumpen ragen spitze, abstehende Fortsätze wie die Reste von abgebrochenen Zweigen.
Federn, sagt Drygalski und berührt mit dem Schuh einen verbrannten Flügel.
Ob da noch Strom fließt, sagt Gruber.
Es gibt einen Weg, das herauszufinden, sagt Golde und blickt nach oben.

Wir gehen weiter. Abends sitzen wir frierend in einer Bushaltestelle. Auf das Dach trommelt Regen. Wir setzen uns

eng aneinander, ziehen die vier Planen von unseren vier Oberkörpern und wickeln sie um den einen gemeinsamen Körper, der wir jetzt sind. Unten acht kalte Beine. Ich schließe die Augen. Kurz bevor ich einschlafe, höre ich Grubers Stimme: Wahrscheinlich sind erst die Leute im Strom verbrannt, und dann sind die Vögel gekommen, um die verbrannten Leute zu fressen, und dabei sind sie dann auch verbrannt.
Vielleicht, sagt Golde.

Vielleicht war es aber auch umgekehrt.

35

Ich glaube, es gibt einfach zu viele Dinge, sagt Gruber am nächsten Morgen, und aus Golde kommt ein Geräusch wie ein schlechter Orgasmus.
Ich meine, all diese Sachen, die es überall gibt. Wer soll die denn alle wollen? Es hat doch schon jeder etwas. Die meisten jedenfalls haben etwas, kaum jemand hat wirklich nichts.
Viele Dinge gibt es schon immer, sage ich.
Aber nicht so viele, sagt Gruber.
Schwer zu sagen, sagt Drygalski, und Gruber sagt:
Scheiß drauf. Eigentlich meine ich etwas viel Grundsätzlicheres als die Dinge. Das eigentlich Unheimliche an dem Ganzen liegt tiefer, wisst ihr, wenn ich da stehe, in meinem Lager, und die braunen Kartons mit den Herrenunterhosen stapeln sich bis unter die Decke, sechs Meter, das sind dann natürlich sehr viele Dinge, aber es ist gar nicht so sehr ihre Menge, die mir Angst macht, es ist eigentlich etwas anderes, und dann denke ich mir, all diese Kisten müssen irgendwohin, und all diese Unterhosen in diesen Kisten kommen irgendwoher, die kommen ja nicht von hier, die sind nur auf der Durchreise in meiner Halle, die Unterhosen kommen aus einer Fabrik bei Izmir, und die Verpackungen kommen aus Belgrad, und die Kartons, in die ich sie dann lege, die kommen aus einem Papierwerk bei Brügge, alles Recycling, aber trotzdem, dieses ganze Zeug, und dann kommt der Lkw vom DPD-Mann, und jede Schraube, jede Fußmatte, jeder beschissene Kieselstein unter dem Bremspedal hat eine weitere Reise hinter

sich, als ein normaler Mensch vor hundert Jahren in seinem ganzen Leben gemacht hat. Das ist doch krank, oder?
Na ja, sage ich.
Doch, das ist es, sagt Gruber. Wenn alle immer woanders hinwollen, als sie sind, und von woanders herkommen, als sie hinwollen, wer soll dann noch wissen, wo er ist?
Zuhause, meinst du?
Nein, ich meine die Bewegung an sich, das ewige Hin und Her, das Nicht-ein-einziges-Mal-Stillhalten-Können für fünf Minuten. Angenommen, die Welt wäre ein Organismus und wir und unsere Waren wären die Moleküle, aus denen er besteht – dann hätte die Welt hohes Fieber.
Drygalski schüttelt den Kopf: Außer uns bewegt sich hier nicht mehr so viel.
Das sehe ich selber. Ich meine ja auch nicht jetzt. Ich meine früher. Ich meine, wir hätten es kommen sehen können.
Und was hätten wir dann gemacht?

Später beginnt es zu schneien. Verschieden große Flocken fallen in verschiedenen Richtungen durcheinander, vom wechselnden Wind mal sanfter, mal weniger sanft erfasst. Zweige, Äste, Baumstämme nehmen die Bewegung des Windes auf, dazwischen wanken vor mir drei Rücken, darüber drei hängende Köpfe, durch einen langsam weiß werdenden Wald, sechs Schultern neigen sich vor mir abwechselnd nach links und nach rechts, in genauer Entsprechung der unter ihnen sich auf den Boden senkenden Füße. Nach Fieber sieht das nicht aus. Eher nach einem unendlich langsamen Fallen. Als würde die Gravitation nicht mehr auf kürzestem Weg zwischen Körper und Erdmittelpunkt wirken, sondern in riesigen, konzentrischen Kreisen, die uns immer weiter nach vorne zwingen, weiter und weiter, um den gesamten Erdball und irgendwann in die Knie.

36 Der letzte Morgen auf der Hütte hatte etwas Versöhnliches gehabt. Wir dachten, dass wir bald wieder zurückkehren würden in die Funktionen, die wir in der Gesellschaft hatten, wir freuten uns auf unsere Betten, unsere Fernseher oder unsere Bettlektüre, Einzelne freuten sich auch auf ihre Frau, also packten wir beschwingt und waren froh, dass wir gar nicht so arg verkatert waren, früher hätten wir Schnaps getrunken und nicht nur Bier, irgendwer hätte gekotzt, und die Bergluft tut ja auch ziemlich gut. Wir verschnürten unsere Rucksäcke, wir stellten sie neben die Tür, wir machten die Betten, wir rollten die Schlafsäcke ein, spülten ab, mit eiskaltem Wasser, und wenn dem einen die Hände taub wurden, übernahm jemand anders. Wir kochten noch eine Kanne Kaffee, verteilten den Inhalt auf fünf Tassen, spülten die Kanne sofort ab, nahmen den Filter aus der Maschine, wischten über die Anrichte, stellten das Radio wieder auf den Schrank. Der Strom wurde abgestellt, die Wasserleitung, erst drehte man den Haupthahn zu, dann ließ man in Küche und Bad herauslaufen, was noch im Rohr stand. Jemand fegte den Boden. Jemand knotete die Müllsäcke zu, stellte sie zu unserem Gepäck neben die Tür. Dann traten wir mit den Kaffeetassen auf die Terrasse, um noch einmal den Ausblick zu genießen, und um uns zu vergewissern, dass wir wirklich hier gewesen waren, wir alle zusammen.

Wir standen da, wir nippten am Kaffee, wir sahen ins Tal, und wir sagten nichts. Wir standen und sahen ins Tal. Von den Kaffeetassen stieg Dampf auf. Die formlosen Wolken. Der Schnee. Die Hand, die keine Tasse hielt, in der Hosentasche. Frühmorgens, wenn man nur eben kurz mit dem Kaffee rausging, brauchte man noch keine Mütze. Die Schneekanonen waren immer noch aus. Es war schön gewesen. War aber auch okay, dass es nun vorbei war. Vielleicht war das hier die letzte Schneebar, die wir je gebaut haben würden. Dinge, die wir am Montag tun mussten. Unsere kalten Köpfe. Dichter, schwarzer Rauch über dem Dorf im Tal. Es brannte.

37

Keine Ahnung, ob das ein Motorbrand war oder eine Fliegerbombe, sagt Golde und steigt mit den Bergschuhen in eine rotbraune Pfütze.
Wieso Fliegerbombe? Es gibt überhaupt keine Fliegerbomben mehr. Fliegerbomben findet man höchstens noch bei Bauarbeiten.

In der Pfütze um Goldes Fuß liegt eine verkohlte Haarspange. Gruber schubst Golde aus der Sauerei. Drygalski tut so, als würde er die Bäume am Wegrand betrachten, wie immer, wenn es gerade nicht so harmonisch zugeht, und ich bücke mich zu dem kleinen Stück Blech mit den welligen Rändern.

Heute gibt es Raketen. Boden-Luft-Raketen, Boden-Boden-Raketen, Luft-Luft-Raketen, Luft-Boden-Raketen.
Marschflugkörper, sagt Drygalski.
Genau, sagt Gruber.
Halt's Maul, sagt Golde.

Knickknack, macht die Spange in meiner Hand. Die anderen halten kurz inne, weil sie nicht mit diesem Geräusch gerechnet haben, während eines Gesprächs erwachsener Männer über zeitgenössische Waffentechnik, und ihr Gehirn braucht erstaunlich lange, das Geräusch mit dem Kindersitz in dem ausgebrannten Fiat Multipla zu verknüpfen.
Interkontinentalraketen, sage ich. Das wäre im Moment wohl das Beste.

38 Das ist mein Ast, sagt Golde und zeigt auf meine Hand, Drygalski macht große Augen.
Ich habe ihn gefunden, sage ich. Er lag da hinten neben dem Stamm mit der großen Flechte, er lag auf den Nadeln, und das eine Ende ragte in die Luft, weil er mit dem längeren Ende auf einer Wurzel lag. Ich habe ihn aufgehoben. Ich halte ihn in diesem Moment in der Hand. Wie kommst du darauf, zu sagen, dass es dein Ast ist?
Gib ihn mir.
Nimm einen anderen, sage ich, aber ohne Nachdruck in der Stimme, ohne echte Überzeugung, eher so, wie man gut sagt, wenn einer fragt, wie es geht. Gruber horcht auf. Langsam dreht er den Kopf zu Golde und mir, in seinen Augen ist ein Leuchten, seine Züge bleiben merkwürdig kalt, aber angespannt, er will etwas, das sieht man, er hat ein Bedürfnis, ein Verlangen, aber es hat nichts damit zu tun, Fragen über die Natur des Eigentums zu diskutieren oder über das Eigentum an der Natur. Er steht auf und kommt auf uns zu, auf Golde und mich und den sitzenden Drygalski, der genau wie ich einen dürren, trockenen Ast in der Hand hält. Gruber kommt näher. Er will sehen, was gleich passiert. Ich spüre eine Wachheit in mir, eine Gerichtetheit, der es egal ist, worauf, ein Warten, das plötzlich Bewegung werden kann, Sprung, Tritt, Schlag oder Biss. Ich denke an Hunde neben dem Esstisch, wenn Fleisch gereicht wird. Dann knackt es, und ich sehe Drygalski Golde die Hälfte seines dürren Ästchens hinhalten, und Golde sieht ihn an, dann nimmt er den Ast und wirft

ihn in hohem Bogen hinter sich und starrt weiter Drygalski an, und Drygalski sieht ganz schnell weg, und Golde starrt ihn weiter an, und dann bricht es aus ihm heraus, ein Lachen, und erst stimmt Gruber mit ein und dann ich, wir lachen, und Drygalski kratzt sich am Kinn und schaut an dem Baum hoch, neben dem er sitzt, als wäre er von der Borkenkäferkommission, er zwingt seine Augen, den Furchen der Rinde zu folgen, aha, hier geht es leicht nach rechts, und Golde hält sich den Bauch, und Gruber schlägt sich aufs Knie, und ich schlage mit der Faust auf den weichen Waldboden, haha, wie weich er ist, und schlage daraufhin gleich nochmal, noch fester, und wir lachen und lachen und warten darauf, dass sich etwas löst, wie das früher immer passiert ist, wenn wir gelacht haben, aber es löst sich nichts. Dann atmen wir schwer, wie nach einem Kampf. Obwohl ich erschöpft bin, schlafe ich heute Nacht nicht. Heute Nacht behalte ich Golde im Auge.

39 Ein Supermarkt mit einer zerbrochenen Glastür ist etwas, das wir mittlerweile gut kennen, wir wissen, wie man sich da hindurch zu bewegen hat, und nur weil wir hungrig sind, brauchen wir noch lange nichts zu überstürzen. Zugegeben, das Loch im Glas ist weit unten, man muss sich bücken, eigentlich muss man mehr, als sich bücken, man muss robben, kriechen, und Golde kriecht nicht so gern. Jedenfalls kriecht er sehr hastig und zackig und irgendwie unsouverän, ungeduldig, und als er denkt, er ist durch, springt er auf, dabei ist er noch gar nicht durch, und die spitze, lange Scherbe der zerbrochenen Glastür bohrt sich durch seine Jacke, seinen Pullover, sein Hemd. Die Scherbe bohrt sich durch seine Haut, seine Lendenmuskulatur, seine Nieren, und so wie der schreit, läuft wahrscheinlich etwas von dem in seinen Nieren gefilterten Gift direkt in irgendeinen Nervenstrang, er stolpert nach vorne, er brüllt, fällt, liegt, zuckt.

Wir kriechen einer nach dem anderen durch das Loch, das er freundlicherweise noch frei gemacht hat, und Gruber, der direkt hinter ihm ist, beugt sich zu ihm und hebt seinen Kopf hoch und zieht das zuckende, laute Ding, das sein Oberkörper jetzt ist, auf seinen Schoß, von dem tiefen Schnitt in Goldes unterem Rücken abwärts scheint schon kein Leben mehr in ihm zu sein.

Wir anderen kommen näher, langsam, unschlüssig, mit einer Neugier, die mir ein bisschen unheimlich ist, Golde brüllt lauter und heller, und irgendwann kreischt er, er kreischt so sehr, dass ich ihn angewidert ansehe, wie er da in Grubers Schoß liegt, ich spüre, wie sich mein Mund verzieht zu einem Ausdruck, den man normalerweise hat, kurz bevor man sich erbricht, zum Glück kann es Golde nicht sehen, sein Gesicht ruht auf Grubers gekreuzten Waden, und er versucht, seinen Kopf zu heben, und gibt auf und versucht es noch einmal und gibt noch einmal auf und versucht es noch ein letztes Mal und gibt auf und gibt auf. Und er schreit dabei, unerträglich laut, und ich erschrecke, bin dann aber auch erleichtert, als Gruber mir zuflüstert, gib mir den Hammer, und ich sage vorsichtshalber, was?, obwohl ich ihn sehr genau verstanden habe, Golde brüllt, Gruber sagt, gib mir den Hammer, Golde brüllt, und die anderen stehen herum, und ihre Haltung sagt, wir haben nicht ewig Zeit, und Gruber brüllt, gib mir den Hammer, und dann brüllt auch Golde, verdammt noch mal, gib ihm den Hammer, und dann ziehe ich den Hammer aus meinem Gürtel und gebe ihn Gruber, und dann fliegt der Hammer von weit oben in Grubers Schoß, und Haare und Blut fliegen mir ins Gesicht, und dann ist es still. Ich lecke mir die Lippen. Es schmeckt salzig.

40 In dieser Nacht können wir nicht einschlafen. Also stehen wir wieder auf und marschieren weiter. Wir kommen nur langsam vorwärts im Dunkeln, wir gehen in einer Reihe, der Erste streckt behutsam die Arme aus und folgt dem Weg, die Nachkommenden legen ihre Hände auf die Schultern des Vordermannes. Nach einer Weile kommt uns das komisch vor, und wir nehmen sie wieder herunter. Wir lassen die Arme hängen und horchen auf die Schritte des Vordermannes. Sie klingen sanft, vorsichtig, ungenau, sie haben kein Ende und keinen Anfang. Unsere Füße streifen über den weichen Waldboden. Wir heben sie nicht mal mehr richtig hoch. Wir streicheln die Oberfläche des Planeten, als wollten wir uns mit ihm versöhnen.

41 Ich stelle mir Golde vor, vor ein paar Wochen, wie er an einer Kaffeetasse nippt, der Kaffee schmeckt schlecht und er sagt: Guter Kaffee.
Durch die Lamellen fällt Nachmittagssonne, die Standuhr der Kunden schlägt vier.
Ich stelle mir vor, dass Golde etwas sagt, um das Eis zu brechen, pünktlich wie die Maurer, zum Beispiel, und dass die Kundin Frau Huber heißt und nickt und dann ihren Mann ansieht, der abwartend, aber nicht unfreundlich zu Golde blickt und sich fragt, meint der jetzt sich oder uns.
Glauben Sie noch an die Rente?
Nun ja, macht Frau Huber, Herr Huber macht Hm.
Golde lacht.
Christkind, Gott, meinetwegen, aber die Rente? Da muss ich Sie wohl enttäuschen. Aber Sie wollen ja vorsorgen. Sie sind schlau. Deswegen bin ich heute hier. Deswegen haben Sie mich angerufen.
Sie haben uns angerufen.
Richtig. Aber Sie haben mir gesagt: Herr Golde, kommen Sie am Dienstag um vier, es ist Dienstag um vier, wir sitzen zusammen, trinken Kaffee und wollen mal sehen, wie wir Ihren Lebensabend absichern können.
Ich stelle mir vor, wie sich Golde zurücklehnt im Polstersessel am Couchtisch, so als wollte er ihnen zeigen, wie ein sicherer Lebensabend aussieht, er nippt noch einmal am Kaffee, dann werden seine Bewegungen plötzlich schnell. Er streicht die gelbgoldene Krawatte glatt, dabei verweilt

seine Hand kurz auf der goldenen Krawattennadel, die dazu passenden Manschettenknöpfe berührt er vorerst nicht, das mache ich, wenn sie unterschreiben, nimmt er sich vor, dann beugt er sich zur Aktentasche, die neben seinen Füßen steht, und entnimmt zwei Verträge.

Seien Sie so gut und füllen das aus.

In Ordnung, sagt Frau Huber, Herr Huber schaut skeptisch über seine Brille, er beginnt zu lesen, dann sagt er:

Aber.

Ja?

Sie haben ja gar nichts erzählt.

Das stimmt. Weil ja auch alles klar ist. Aber ich erzähle Ihnen gerne etwas. Ich erzähle Ihnen alles, was Sie wissen möchten. Was möchten Sie wissen? Dass die derzeitige Bevölkerungspyramide der Bundesrepublik instabiler ist, als sie es gewesen wäre, wenn Erster und Zweiter Weltkrieg gleichzeitig stattgefunden hätten? Dass die staatlichen Pensionskassen Milliardenverluste mit Aktien in Schwellenländern gemacht haben? Dass China Deutschland als Exportweltmeister abgelöst hat? Dass wir bald Deflation haben?

Nein, sagt Frau Huber. Das wissen wir. Wir sind ja nicht blöd. Nicht wahr, Gerald?

Ich stelle mir vor, dass sie lauter und selbstsicherer spricht als normalerweise.

Ich hatte mir eher so etwas wie eine Beratung vorgestellt, sagt Herr Huber. Verschiedene Optionen. Wissen, was es überhaupt gibt. So hat die junge Dame, die angerufen hat,

auch gesagt: unverbindliches Beratungsgespräch. Das hätte ich gerne. Was ist das überhaupt, was meine Frau da schon zur Hälfte ausgefüllt hat?
Herr Huber, Golde lehnt sich zurück. Ich schätze Ihr Misstrauen.
Das ist kein Misstrauen.
Doch. Und ich danke Ihnen dafür. Ich arbeite am liebsten mit Menschen, die genau wissen, was sie tun. Die sich nicht um den Finger wickeln lassen, von niemandem. Denen man nicht einfach mal eben so erzählt, wie die Welt funktioniert, und dann spannt man sie für sich ein. Ich bin genauso. Deswegen habe ich mich hier auch gleich so wohl gefühlt.
Ein vertrauensvoller Blick zu Frau Huber, sie verlagert ihr Gewicht auf die andere Gesäßhälfte, lächelt, oder so ähnlich.
Herr Huber. Was Ihre Frau da ausfüllt, ist nichts weniger als die Rettung Ihres Lebensstandards im Alter. Das ist die Garantie, dass Sie nicht plötzlich mit leeren Händen dastehen, wenn der deutsche Staat wieder einmal versagt. Wäre nicht das erste Mal.
Ich stelle mir vor, dass Golde lacht, Huber nicht, und dass Golde dann denkt, harter Brocken, vielleicht mag er aber auch keine Anspielungen auf das Dritte Reich, Jude vielleicht, oder die Oma beim Bombenangriff, oder der Opa im Feld geblieben, mal sehen.
Und selbstverständlich erkläre ich Ihnen auch das Prinzip dieser sichersten, renditestärksten Anlageform fürs

Alter: Betongold. Europe Central. Der Rolls-Royce unter den mitteleuropäischen Immobilienfonds. Und ich sage Ihnen auch, was es sonst noch so gibt. Aber zunächst würde ich Ihnen gerne sagen, was es nicht mehr gibt, in fünf Jahren: den Euro.
Die Huberin lacht, Golde lacht mit, sie hat er, aber was ist mit ihm?
Wie funktioniert also dieser Fonds?
Zunächst einmal sind das ausschließlich Top-Länder, Top-Lagen, Top-Ausstattungen. Deutschland, Skandinavien, Schweiz. Kein mediterraner oder slawischer Schrott.
Aha.
Garantierte monatliche Rückzahlung ab einem vorher definierten Alter, in einer vorher definierten Höhe, abhängig von den Beitragszahlungen. Alternativ dazu die einmalige Auszahlung eines größeren Betrags. Vielleicht wollen Sie sich ja im Alter doch noch mal einen Porsche gönnen? Oder eine Yacht? Wer sein Leben lang schwer arbeitet, soll sich belohnen.
Ich bin schwerbehindert.
Aber Sie würden arbeiten, wenn Sie es könnten!
Und wo genau geht mein Geld hin?
Ihre Beiträge sind in einem Fonds angelegt. Das ist wie ein großer Kuchen, an dem alle mitbacken, und am Schluss bekommt jeder sein Stück.
Und was sind die Zutaten?
Wie gesagt, es handelt sich dabei ausschließlich um erstklassige Objekte in gehobener Lage, Hamburg-Ottensen,

Berlin-Mitte, Zürich Goldküste, absolut erste Liga, verstehen Sie? Betonwüsten wie Neuperlach oder Hasenbergl werden Sie da nicht finden.

Ich bin im Hasenbergl aufgewachsen.

Das war ja auch früher mal wunderschön. Bis dann diese ganzen, na ja, wie soll man sagen, also jedenfalls wurde bei der Anwerbung von ausländischen Arbeitskräften auch manchmal etwas zu kurz gedacht, nicht wahr, Herr Huber, ich meine, Hand aufs Herz, ist das wirklich noch Ihr Hasenbergl?

Nein, da haben Sie recht.

Ist das noch Ihr Deutschland?

Nein.

Sehen Sie?

Aber Sie wollen, dass ich in dieses Deutschland investiere?

In seine guten Seiten.

Aha.

Das Risiko ist über die zuverlässigsten und interessantesten Immobilienunternehmen im gesamten mitteleuropäischen Raum verteilt, diversifiziert, nennen wir das. Da kann gar nichts schiefgehen. Wenn die alle pleitegehen, haben wir ganz andere Probleme.

Das heißt, wenn der nächste Weltkrieg kommt, bekommen wir also nicht einmal eine Rente?

Ach Gerald.

Herr Huber. Wenn der Dritte Weltkrieg kommt, bekommt niemand mehr irgendetwas. Das ist ja wohl klar. Aber so viel, wenn nicht gerade Vernunft, sagen wir: mangelnde Dummheit können wir doch bei unseren Damen und Herren Politikern erwarten.

Ihr Wort in Gottes Ohr.

Gerald, ich will das machen.

Ich nicht.

Dann mach es nicht. Ich mach es.

Mach, was du willst.

Ich stelle mir vor, dass Herr Huber aufsteht und auf die Tür zugeht.

Also hast du ausgesorgt, wenn ich sterbe, und ich stehe allein da.

Ich stelle mir vor, dass Herr Huber stehen bleibt, und dass Golde denkt: O du liebe, plötzlich auch irgendwie schöne Huberin.

Ich stelle mir vor, dass Herr Huber zurückkommt.

Geben Sie her.

Ich stelle mir vor, dass Herr Huber den Pelikanfüller von Golde nimmt, und Golde berührt seine goldenen Manschettenknöpfe.

Entschuldigen Sie, manchmal ist er so stur.

Männer, sagt Golde.

Ich stelle mir vor, dass sie dann lachen, gemeinsam, die Huberin und Golde, alle außer Herrn Huber lachen, der will einfach nur, dass es vorbei ist.

Nehmen Sie noch einen Kaffee?

Sehr, sehr gerne.

42 Die Wiese ist nass. Wir gehen. Die Wiese ist weich und elastisch, wir gehen langsam. Die Wiese ist leicht ansteigend und endlos, verschwindet im dichten Weißgrau. Verdorrtes, vollgeregnetes Gras, verbrannt vielleicht, nein, nur angesengt. Ein breiter Hügel zeichnet sich ab, in der gleichen Farbe wie der Untergrund, nicht hoch, ein, zwei Meter vielleicht, quer von links nach rechts verlaufend, zu gleichmäßig, zu gerade, zu breit, irgendwie künstlich, und als wir näher kommen, sehen wir, dass er wirklich aus dem gleichen Material besteht wie der Boden. Ein Bahndamm. Wir gehen hinauf. Glatte, nass glänzende Schienen, exakt parallel, bis zum Horizont in beiden Richtungen. Die Masten der Oberleitung liegen gefällt im Gras, Baummaschinen außer Betrieb. Wir stehen unschlüssig auf dem Bahndamm herum und entscheiden dann, dass diese Schienen, als sie noch genutzt wurden, irgendwohin geführt haben müssen. Wir beschließen, dem Bahndamm zu folgen. Erst gehen wir unnatürlich schnell, immer zwei Bohlen mit einem Schritt nehmend, es sind unnatürlich große Schritte, wir kommen schnell vorwärts, aber wir werden auch sehr schnell müde. Nach und nach stellen wir unsere Schrittfrequenz um, nehmen jetzt nur noch eine Bohle pro Schritt, das sind unnatürlich kleine Schritte, wir gehen unnatürlich langsam, und die Konzentration, das genaue Achten darauf, mit jedem Schritt eine Bohle zu treffen, ermüdet, auch wenn wir nur langsam gehen. Ich frage mich kurz, woher all die Steine im Gleisbett wohl kommen. Ich frage mich, wer sie hergebracht hat und wer sie woanders herausgelöst hat, und wie viele es wohl sind pro Meter, auf dieser Strecke, in allen Gleisbetten der Welt, und ich beginne zu staunen darüber, wie viele Steine es auf der Welt gibt und wie viele Gleisbetten es wohl mal gegeben hat und Gleise und wie viele Orte, zu denen sie geführt haben, und dann verlässt Gruber plötzlich den Bahndamm, erleichtert folgen wir anderen, wir brauchen kein Ziel, das ja doch nicht mehr da wäre, falls wir je ankommen sollten, es ist wichtiger, so gehen zu können, wie wir gehen wollen, also gehen wir wieder über das dichte, nasse Gras. Wir gehen langsam und gleichmäßig.

43 Wir hören das Brummen schon von weitem. Es kommt aus einer Gruppe sauberer neuer Gebäude um einen alten Tiroler Hof. Weiße Mauern, Dächer aus Blech. Möglicherweise Stallungen. Natürlich haben wir Angst, wir haben lange kein Geräusch mehr gehört, das nicht wir selbst verursacht haben, oder das Wetter, und dieses Geräusch hier klingt nicht sehr vertrauenerweckend, ein metallisches Brummen, gleichmäßig, aber irgendwie fehlerhaft, ich kann nicht genau sagen, was ich als falsch empfinde, es kommt mir so vor, als sei das Geräusch nicht im Reinen mit sich, klinge nicht so, wie es soll, wie es gedacht war, es klingt angestrengt, übertrieben vielleicht, wie ein Auto, das mit dreitausend Umdrehungen im Leerlauf an einer Ampel steht.

Wir gehen vorsichtig näher heran. Die Stahlschiebetüren des ersten Gebäudes sind verschlossen und für uns nicht zu öffnen, die vergitterten Fenster schmale Streifen in über drei Metern Höhe. Als wir vor dem zweiten Gebäude stehen, merken wir, dass es dieses Gebäude ist, aus dem das Geräusch kommt. Wir umrunden es einmal. Das Brummen bleibt gleichmäßig laut und überdreht. Auf der Rückseite eine unverschlossene Holztür. Wir treten ein. Schlagartig ist es sehr laut. Der kleine Nebenraum des Gebäudes, den wir betreten, riecht stark nach Diesel, hier herrscht ein anderes Brummen, tiefer und voller, das hier klingt wie ein Motor, der einfach nur seine Arbeit macht, nicht mehr und nicht weniger, und

ich denke, als ich den Dieselgenerator sehe, das ist ein ganz normaler Dieselgenerator, wie er auf Bauernhöfen in Mitteleuropa für verschiedenste ganz normale Aufgaben verwendet wird.
Was treibt der an, brüllt Drygalski gegen den Lärm.
Einen Teilchenbeschleuniger, brüllt Gruber.
Was, brüllt Drygalski.
Eine geheime Anlage, in der schwarze Löcher erzeugt werden, so eine Art inoffizieller Notausgang für den Fall einer Katastrophe, der einzige Ausweg aus dieser Scheiße. Endlich haben wir ihn gefunden.
Was, brüllt Drygalski.
Ich hab doch keine Ahnung, brüllt Gruber.
Wir gehen durch die nächste Tür in den großen Raum, wir sind erleichtert, weil wir das Brummen als das natürliche Geräusch eines normalen Generators identifiziert haben, der ganz normal seine Arbeit verrichtet, und in dem großen Raum sehen wir einen ganz normalen riesigen Stahltank, der von normalen Schläuchen gespeist wird, die zu je einem Melkplatz in einem großen Kreis um den Tank führen, an dem je eine normale Kuh steht, normalerweise, jetzt liegen sie und sehen nicht normal aus, die Kühe, aber trotzdem ist es eine ganz normale Melkmaschine, die man einfach vergessen hat, abzustellen, als die Welt unterging, und sie saugt und saugt, wie es Melkmaschinen normalerweise tun, obwohl aus den Kühen schon lange nichts mehr kommt, sie sind leer unter dem Fell bis auf die Knochen, alte, zerknitterte Kuhkostüme mit etwas zu großen

Köpfen, lange nach Fasching, aus dem Überlaufventil des Tanks quillt orangener Schleim. Es stinkt.

44 Auf einer schmalen Steinbrücke sehen wir einen Reisebus, eingeklemmt zwischen hüfthohen Mauern. Weit unten rauscht romantisch ein Bach. Wir lachen. Die riesige Front des Fahrzeugs, davor die löchrige Straße, links und rechts die Brüstung aus alten Steinen.

Wie kann man nur so blöd sein, sagt Gruber.

Um auf der nur etwa zwanzig Zentimeter breiten Mauer am Bus vorbeizubalancieren über dem zwanzig Meter tiefen Abgrund, fehlt uns der Mut. Also schlagen wir die Windschutzscheibe ein, mit einem Stück des Felsens, der am Straßenrand aus dem Hang ragt, zwischen Asphalt und Wald, wo das Erdreich aufgelockert und fortgespült wird, vom Schmelzwasser, Jahr für Jahr.

Wir zerren den Sicherheitsglassplitterteppich aus seinem Rahmen. Wir steigen auf die Stoßstange. Tastend greifen wir in das leere Rechteck über dem Kühlergrill. Unsere Hände bekommen das Armaturenbrett zu fassen. Vorsichtig ziehen wir uns hoch, in das Innere des Busses. Am Boden Verpackungen von Schokoriegeln und Chips und ein paar leere Wasserflaschen. In Reihe drei ein hellbrauner Schal, Drygalski stopft ihn sich in die Tasche. Gruber findet einen Wildlederhandschuh im Gepäckfach. Aus Spaß drehe ich den Zündschlüssel um, ich zucke zusammen, ducke mich unter der lauten Musik, *ich bin so schön, ich bin so toll.* Ich stelle schnell wieder ab.

Wenn wir die Scheibe nicht eingeschlagen hätten, wäre das eigentlich ein gutes Quartier für die Nacht. Jetzt pfeift der Wind durch die offene Front herein und durch die Seitentür hinten wieder hinaus. Der Bus kam zufällig so zum Stehen, dass man die Tür gerade noch öffnen und geordnet aussteigen konnte, die Gepäckfächer dagegen sind unerreichbar, eingezwängt zwischen dem verformten Blech der Karosserie und den steinernen Brückenmauern. Wir steigen aus. Am Heck bleiben wir noch einmal stehen. Die Motorhaube ist offen. Wir sehen uns den Motor eine Weile an. Er sieht genau so aus, wie ich mir den Motor eines Reisebusses vorgestellt habe. Wir schließen die Klappe. Das Geräusch hat etwas Beruhigendes.

Die enge Straße schlängelt sich steile Serpentinen hinab. Unten wird sie breiter. Vor uns öffnet sich ein Tal. Wir sehen den ersten Passagier. Er liegt wie für uns arrangiert in der Mitte der Straße. Den Kopf auf seinem Rucksack, die Arme über der Brust gekreuzt. Auf seinen Kleidern und seinem Gesicht eine dünne Schicht Schnee.

Das Tal wird breiter. Wir nähern uns einem Dorf. Wir sehen mehr und mehr Menschen. Es kommt mir so vor, als wären es zu viele, um in einen Reisebus zu passen, vielleicht stimmt das aber auch nicht, ich zähle sie nicht, und ich weiß auch gar nicht, wie viele Menschen in einen Reisebus passen.

Sie liegen auf der Straße, in einer Reihe, als wäre der Erste stehen geblieben und die Folgenden hätten den Mut nicht gehabt, an ihm vorbeizugehen, oder die Kraft, also warteten sie im Windschatten, bis dem, der ihn gab, zum Stehen zu kalt war, und dann standen sie hinter dem Zweiten, dem Dritten, dem Vierten, bis sich irgendwann auch der Fünfte niederließ, auf die vier anderen vor ihm, langsam, wie in ein gemachtes Bett.

Sie sitzen im Straßengraben, lehnen an der Böschung, von der Straße aus sieht man nur bunte Mützen, aber an der Wölbung erkennt man, dass unter der Wolle noch Köpfe stecken, festgefroren in ihren Träumen. Zwei liegen auf dem Asphalt, im rechten Winkel übereinander, als hätten sie in ihrem letzten Moment beten wollen, aber sie hatten kein Kreuz, also formten sie eins. Sie sitzen am Straßenrand, lehnen an Hauswänden, einer den Kopf auf der Schulter des anderen, als würden sie schlafen, friedlich und weich und weiß. Sie liegen vor verschlossenen Türen, in offenen Türen, auf Fußabtretern und Türschwellen, auf den schmalen, vom Durchgangsverkehr früher hart bedrängten Bürgersteigen, vor dem leeren, eingeschlagenen Schaufenster der Metzgerei. Sie lehnen an der Mauer des Dorffriedhofs, sie liegen dahinter, in verfaulten Holzkisten, unter schweren Steinen, in die man Zahlen geritzt hat, von denen bald niemand mehr wissen wird, was sie bedeuten. Sie liegen in den Wiesen um das Dorf, im Tal, in den bewaldeten Hängen, auf den Felsen darüber, seit

Urzeiten in dieser Gegend gewachsen, verwelkt und zerfallen, vom Wind verteilt über das Land, über die angrenzenden Länder, den Erdball. Sie sind in den Bäumen. Im Gras. Im Schnee. Im Wasser, das in diesem Moment in den Schnee zu fallen beginnt.

45 Wir stehen nebeneinander am Rand eines Waldwegs und urinieren in ein Gebüsch.

Wenn das hier vorbei ist, entwickle ich Frauenpissoirs für die Gastronomie und werde steinreich, sagt Gruber.

Ich sage: Gibt es so etwas nicht schon?

Keine Ahnung. Jedenfalls sind immer Schlangen an den Frauentoiletten, an denen ich vorbeigehe. Nach dem Kino, zum Beispiel.

Ich habe mal eine Frau gesehen, die in ein Männerpissoir gepisst hat, sagt Drygalski.

Die hat sich einfach mit dem Rücken zur Wand gestellt, sich etwas nach vorne gebeugt und den Rock gehoben.

Und was haben die Männer gemacht?

Die haben weitergepisst.

Wir pissen weiter.

Drygalski sagt: Ich werde, wenn das hier vorbei ist, eine Fernsehshow entwickeln. Sie wird wie ein Gewinnspiel wirken, in Wahrheit ist sie aber ein soziologisches Experiment.

Was?

Die Frage, um die es mir geht, ist: Wie wichtig ist den Menschen ihre Adresse? Ihre Postanschrift. Ist es für die Mehrheit der Menschen wichtiger, in einem schönen Haus zu wohnen oder an einer Straße mit einem schönen Namen?

Was?

Wir werden Häuser verschenken. Nagelneue, schöne Häuser. Einfach so. In einer Siedlung mit den allerbeschissensten Straßennamen, die man sich vorstellen

kann. Volldeppstraße, Arschlochallee, Kinderfickerweg. Die Siedlung wird eigens dafür gebaut werden.
Und dann?
Dann treten immer zwei Kandidaten gegeneinander an. Die Häuser werden immer besser, die Namen immer schlechter. Wer zuerst auf den roten Knopf an seinem Pult drückt, kriegt ein Haus.
Und der andere?
Ein anderes.
Und wo ist da der Wettkampf?
Man muss schnell sein, sonst kriegt man den beschisseneren Namen.
Aber dafür das bessere Haus.
Genau. Es geht darum, das Bedürfnis nach Luxus und das nach sozialer Anerkennung in ein Verhältnis zu setzen. Jeder Mensch hat da vermutlich eine andere Schmerzgrenze. Es wird interessant sein, das zu beobachten.
Was für ein Unsinn.
Im Ernst: Wenn dir einer eine Wohnung schenkt, die in der Hämorrhoidenstraße 2 A liegt, würdest du die nehmen?
Klar, sage ich. Und dann verkaufen.
Und wer würde das kaufen?
Ein chinesischer Pensionsfonds. Golde sagt immer, die kaufen alles. Sagte.
Hm. Vielleicht.
Gruber macht neben mir gleichmäßige Abschüttelbewegungen, beugt sich vor, schließt den Gürtel und richtet sich auf.

Das ist vielleicht das einzig Gute an unserer Situation.
Was?
Der Immobilienmarkt ist auf Jahrzehnte sicher vor Überhitzung.

46 Ein brennendes Dorf ist eigentlich keine komplizierte Angelegenheit. Dörfer bestehen aus Häusern. Häuser bestehen aus zum Teil brennbaren Materialien. Sie enthalten Holz, Textilien, Polyethylen, Baumwolle, Pressspan, Papier, Leder, Gummi, Hanf, Alkohol, Eiweiß, Horn, Haar. Und Knochen, manchmal. Es gab Zeiten, in denen brennende Dörfer ganz normal waren, ebenso wie brennende Städte. Aber hier und heute fiel das, was wir da unten sahen, so sehr aus dem Kontext unserer gewohnten Wahrnehmung, dass wir zu keinerlei Reaktion fähig waren. Vielleicht wäre der Anblick eines einzelnen brennenden Hauses nachvollziehbarer gewesen, hätte uns schneller wieder erlaubt, unsere Sprache zu benutzen, unsere Hände und Füße. Ganz sicher wäre es so gewesen. Ein brennendes Haus allein wäre etwas völlig anderes gewesen. Zwei brennende Häuser? Meinetwegen, wenn sie nicht allzu weit auseinanderstehen. Hier brannten aber mehr als zwei Häuser. Das ganze Dorf brannte, vollständig, so wie es da lag, im Tal, an der Zugstrecke, achthundert Meter lang, dreihundert Meter breit, fünfzig bis achtzig Häuser, ehemalige Höfe, Wirtshäuser, Amtsstuben, das Postamt, der Bahnhof, Wintersportgeschäfte, Blumenläden, Ferienwohnungen für die verhassten Urlauber aus Holland und Deutschland. Von jedem einzelnen Dach schien eine Rauchsäule aufzusteigen, und sie vereinigten sich in geringer Höhe zu einer großen, sich um mehrere schiefe Achsen drehenden Wolke, die so dick war, dass sie beinahe stofflich wirkte.

Drygalski zündete sich eine Zigarette an. Muss das sein?, fragte Golde, und ich war mir nicht sicher, ob ihn der Rauch störte, wir waren ja im Freien, oder ob er es einfach taktlos fand angesichts der dichten Schwaden im Tal, die sekündlich anwuchsen und bald auf Augenhöhe mit uns waren und die uns jetzt langsam klarmachten, was es bedeutete, wenn in einem Dorf jedes Haus brennt: Da sterben Menschen.

Als wir uns wieder bewegen konnten, schütteten wir schnell den kalten Kaffee weg. Wir schütteten ihn einfach über das Geländer, in den Schnee, und ich sah, dass die Flecken braun waren, aber ich dachte an Blut. Dann gingen wir hinein und rieben die Tassen sauber, mit Drygalskis Papiertaschentüchern, wir stellten sie in den Schrank, etwas trieb uns zur Eile an, irgendein unausgesprochenes, unlogisches Wollen, denn wieso sollten wir schnell von hier weg, nach da unten, wo es da unten doch brannte und hier nicht? Golde blieb draußen und beobachtete das Dorf, wie es vor sich hin brannte, wie der Rauch dicker wurde und unförmiger und immer schwieriger zu ignorieren. Drygalski stellte sich neben Golde, Golde sagte, hast du eine für mich, für mich auch, für mich auch, für mich auch. Wir rauchten jetzt alle, das war fast so unglaublich wie das, was wir unten im Tal sahen, aber irgendwie war es auch sinnvoll, schließlich mussten wir jetzt vor allem stehen, schauen und nachdenken, warten, bis wir fähig waren, zu entscheiden, was wir tun wollten. Es ist schön, in so einem Moment eine Beschäftigung zu haben. Gruber und Fürst mussten husten.

Gehen wir runter zum Auto, dann sehen wir weiter.
Okay.

Auf die Bäume sank Nebel. Er kam von den Wolken über den Gipfeln, wir sahen ihn zuerst am Hang über uns, und als wir den Abstieg begannen, hüllte er uns ein. Wir gingen langsam, bergab gehen ist schlecht für die Knie. Und für die Moral. Während bei einem Aufstieg jeder Schritt einen kleinen Sieg über die Schwerkraft bedeutet, ist der Abstieg von einem Berg eine lange Kette von Niederlagen, gegen die Einsamkeit, das Bedürfnis nach Komfort, den Terminkalender. Wir gingen in einer Reihe. Unser Tempo war deutlich geringer als beim Aufstieg drei Tage zuvor, der, der vorne ging, ging da nicht, weil er anführen wollte, weil er vor den anderen gehen wollte, sondern weil alle anderen hinter ihm gehen wollten. Der, der vorne ging, wurde immer langsamer, heimlich, weil er hoffte, das ihn jemand überholt, und weil er nicht wollte, dass die anderen das merkten. Alle anderen wurden auch langsamer.

Wir gingen talwärts. Der Schnee schmolz. Ab und zu blieben wir stehen und horchten auf Geräusche, die uns sagten, geht da nicht runter, geht wieder rauf, weit hinauf, versteckt euch, Schüsse, Schreie, Plünderung, Vergewaltigung, Mord. Dann lachten wir in Gedanken über unsere Fantasien und gingen weiter talwärts durch den sulzigen Schnee. Ein Dorf brannte. Das war alles. Es konnte eine Verkettung von unglücklichen Umständen gewesen sein. Zwei verfeindete Pyromanen, die zeitgleich am Haus des anderen mitten in der Nacht an entgegengesetzten Enden des Dorfes Feuer gelegt haben, dann ungünstige, unstete Winde. Es konnte eine herabgefallene Oberleitung der Eisenbahn gewesen sein, eine Hochspannungsleitung, Telefonleitungen, ISDN, Glasfaser, irgendetwas, worin etwas fließt, Knotenpunkte, ein explodiertes Transformatorenhäuschen, und aus allen Steckdosen in allen Häusern Stichflammen. Es konnte eine versehentlich abgeworfene Brandbombe eines US-Jagdbombers der Basis in Ramstein gewesen sein, nachdem der Pilot über dem verschneiten Land die Orientierung verloren hatte. Es konnte ein Trupp marodierender Tiroler Pfadfinder gewesen sein, auf der Jagd nach dem Blut deutscher und holländischer Wintersporttouristen, wieso kommt ihr nur noch so selten, wegen euch gehen wir pleite, los, sterbt.

Die Absurdität der eigenen Ängste ist der größte Trost. Sich genau ausmalen, was niemals eintreten wird, ist das beste Mittel, dass es auch niemals eintritt. Die letzte Kehre vor der Passstraße. Wieso glaubte ich das nochmal?

Das Auto: Asche und Blech.

Wortlos kehrten wir um, wortlos gingen wir zurück zur Hütte, wortlos verriegelten wir die Tür und dunkelten die Fenster ab. Als wir im Halbkreis um den Ofen saßen, war es Fürst, der als Einziger mutig genug war, seine Angst zuzugeben, indem er als Erster aussprach, was alle dachten:
Und was machen wir jetzt?
Wir gehen über den Kamm, sagte Golde.
Was ist auf der anderen Seite?
Vielleicht kein verbranntes Dorf.

47 Wir lassen den Wald hinter uns und kommen in ein breites Tal. Auf beiden Seiten des Tals wolkenverhangene Berge, davor nebliger Wald, davor neblige Wiesen, darauf kantige, hässliche Industriebauten in Schwarz oder Grün oder Grau. Viele Fenster sind eingeschlagen, hier und da Spuren von Feuer. In der Mitte des Tals eine Straße. Auf der Straße: Autos. Leere, stehende Autos, so weit das Auge reicht. Sie stehen alle in Richtung Talausgang, in drei Reihen, auf beiden Spuren, mit Gegenverkehr scheint hier niemand mehr gerechnet zu haben, sie stehen regungslos, leise, von links nach rechts. Wir sehen uns das eine Weile an. Dann ordnen wir uns ein.

Wir gehen in Fahrtrichtung einen verlassenen Stau entlang. Die Straße ist leicht erhöht, sie verläuft gerade, der Blick wäre schön, wenn es nicht ganz so neblig wäre, links eine Wiese, ein Stacheldrahtzaun und die Wellblechwand einer Werkshalle, rechts der Bach, dann die Wiese, der Wald. Hinten Straße und Autos. Vorne Straße und Autos. Ganz vorne, an der Spitze der endlosen Reihe stehender Fortbewegungsmittel taucht etwas aus dem Nebel auf: etwas Kompaktes, Dichtes, Chaotisches. Ein großer Haufen. Oder ein kleiner Berg. Wir gehen näher heran. Ein bunter Berg. Wir gehen näher heran. Ein bunter Berg Blech. Wir gehen näher heran.

Die Schlange, neben der wir laufen, mündet in ein Knäuel aus Autos, die neben-, in- und aufeinander zum Stillstand gekommen sind. Zerquetschte Autos, umgeworfene Autos, aufeinandergeschobene Autos, ineinander verkeilte Autos, Stoßstangen in Kotflügeln, Stoßstangen in Kühlerhauben, Stoßstangen in eingedrückten Fahrertüren, Stoßstangen in weit eingedrückten Beifahrertüren, Stoßstangen in Stoßstangen in aufgerissenen Kofferraumdeckeln auf abgerissenen Türen und darüber rostige Unterböden, Auspuffanlagen, gegen den Himmel ragende Räder und Knicke, Brüche und Risse im Karmesinrot, Racinggreen, Fliederweiß oder Nachtschwarz metallic oder in kostengünstigeren Farben ohne Eigennamen, schmutzige Wunden, die zeigen, dass auch das dynamischste Sports Utility Vehicle im Grunde nur ein Stück Eisen ist, angetrieben von Feuer. Über allem die Splitter vom Sicherheitsglas, erstaunlich gleichmäßig verteilt, wie scharfer, hell klingender Schnee.

Die kindliche Hoffnung des Hirns, durch längeres Hinsehen Antworten zu finden. Wir gehen näher heran.

Es sieht so aus, als hätten sich immer mehr Fahrzeuge in den Kreisverkehr gedrängt. Es sieht so aus, als hätten die Fahrer der Fahrzeuge, die bereits im Kreisverkehr waren, nicht mehr hinausfahren wollen oder nicht mehr hinausfahren können, jedenfalls haben sie keinen mehr hereingelassen, und es kamen immer mehr Autos, die in den Kreisverkehr wollten, an allen vier Zufahrten, und ab und zu zwängte sich doch eines hinein, und sie fuhren schneller und schneller im Kreis, an jeder der vier Abzweigungen kurz überlegend, ob man nicht vielleicht doch ausbrechen könnte, aber aus allen vier Richtungen näherten sich Hunderte Autos, Tausende, standen vom Kreisverkehr bis zum Horizont und warteten, wie es Autos so tun, im Stau, Familienväter, die sich vornehmen, die Nerven zu behalten, Mütter, die sich vornehmen, darauf zu vertrauen, dass ihre Ehemänner die Nerven behalten, Kinder, die die Anspannung ihrer Eltern genau bemerken und ebenso genau bemerken, dass diese Anspannung hier etwas ganz anderes ist als jede andere Anspannung, die sie bisher miterlebt haben, und die sich darum vornehmen, die Lügen der Eltern zu glauben: Es geht bestimmt gleich weiter.

Sie müssen lange gewartet haben. Sie müssen gewartet haben, bis ihre Angst so groß wurde, ihre erzwungene Untätigkeit so schmerzhaft und ihre Wut auf die, die schon im Kreisverkehr waren, so stark, dass ihnen alles egal war. Sie müssen gewartet haben, bis sie einsahen, dass sowieso alles egal war, entweder weil sie noch logisch denken konnten und merkten, dass vermutlich darum niemand aus diesem Kreisverkehr herausfuhr, weil keiner wusste, wohin, weil aus jeder Richtung jemand kam, viele kamen, oder weil sie einfach nicht mehr konnten, weil sie schon seit Stunden Gas gegeben und gebremst hatten, Gas gegeben und gebremst, Gas gegeben und gebremst; weil sie Zentimeter um Zentimeter vorwärtsgekrochen waren, dabei immer den Kreisverkehr vor Augen, der doch irgendwohin führen musste, sie hatten Gas gegeben und gebremst, und als sie kurz vor dem Kreisverkehr waren, sahen sie zwar, dass die Straßen, die von links und von rechts kamen, auch verstopft waren, aber sie sahen nicht, wie es hinter dem Kreisverkehr aussah, auf der Straße, die dahinter geradeaus weiterführte, vielleicht ging es da ja weiter, konnte ja sein; von jeder der vier Straßen, die zum Kreisverkehr führen, kann man eine der vier Straßen, die vom Kreisverkehr wegführen, nämlich nicht sehen, und schließlich fuhren ja auch ständig Autos im Kreis, die müssten doch auch stehen, wenn es überhaupt nicht mehr weiterginge, und plötzlich fuhren die direkt vor ihnen wieder einmal an, und jetzt fuhren sie auch an, und jetzt mussten sie unbedingt sofort hier raus, irgendwohin, wo es anders ist, ganz egal wo, egal wer da ist, wir werden uns mit denen schon arrangieren, wir müssen hier nur so schnell wie möglich weg, hier gibt es für uns keine Zukunft, das wissen wir, hinter uns ist alles vorbei. Und dann haben sie alle gleichzeitig Gas gegeben.

Wo sind all die Leute hin?, fragt Drygalski.

48 Abends sitzen wir im weichen Sand des Übungsbunkers eines Golfplatzes. Wir graben eine kleine Kuhle. Wir greifen in die Plastiktüten an unseren Gürteln und holen kleine Papierschnipsel heraus und dünne Birkenzweige und aus den Taschen unserer Winterjacken Stücke von Pressspanregalböden, schmal geschnittene Scheite von Schwedenöfen in Ferienwohnungen und den zusammengefalteten Deckel einer Genius Edition Trivial Pursuit. Wir legen alles vorsichtig in die Kuhle, pyramidenförmig, erst Papier, dann Pappe, dann Zweige, dann Pressspan, dann Holz. Gruber zündet ein Streichholz an, hält es an die Schnipsel, sie lodern schnell auf, die Pappe färbt sich schwarz, bis es erst blau durch sie hindurchscheint und dann gelb aus ihr herausschießt, Gruber pustet behutsam hinein, und entlang der Birkenzweige bilden sich kleine Flammen, wie Christbaumkerzen an einer Halskette, das Sperrholz brennt ebenfalls schnell, der Scheit langsam. Als wir sehen, dass alles seinen Gang geht, lehnen wir uns zurück, wühlen unsere Rücken in die bald nicht mehr kalten Wände aus Sand.

Drygalski sagt: Es wäre schön, ein paar Antworten zu bekommen, irgendwann.
Das kommt darauf an, sage ich.
Wie meinst du das?
Nicht alle Antworten sind Antworten.
Wie meinst du das?
Es gibt da so ein Gedankenexperiment. Stellen wir uns

vor, ein Außerirdischer würde auf der Erde landen, zum Zeitpunkt der Frühjahrsbrände in Kalifornien. Ortschaften werden evakuiert, Hubschrauber werfen Wasser ab, Existenzen werden vernichtet, Menschen stehen mit ihren Haustieren auf dem Arm vor ihrem brennenden Lebenswerk, in den Augen Tränen, in den Lungen Rauch. Die Feuerwehr rückt in Kompaniestärke aus, Männer fallen im Kampf gegen die Flammen, Orden werden verliehen. Ein Raucher wird im unverbrannten Teil des Waldes aufgegriffen und gelyncht. Der Gouverneur trägt eine olivgrüne Windjacke und spricht dem Volk Mut zu. Auf CNN erläutern Wissenschaftler Modelle über Wind, Trockenheit und den Klimawandel und auf FOX Modelle über Wind und Trockenheit. Aber keiner kann genau erklären, wieso es immer wieder brennt.
Und der Außerirdische?
Der sagt: Entschuldigung, aber die Sache ist völlig klar. Natürlich brennt es. Eure Atmosphäre ist voller Sauerstoff.

49 Im Tal brannte es. Also gingen wir nach oben. Es war schwer, unsere leeren Mägen zu tragen, und wir hatten kein Wasser dabei, das wäre noch schwerer gewesen. Wir tranken geschmolzenen Schnee. In der Grundschule hatten wir gehört, das sei nicht gesund, aber wir wussten nicht mehr genau, warum, wahrscheinlich gab es damals noch sauren Regen und verbleites Benzin. Jetzt gab es keine andere Möglichkeit. Es dauerte drei Stunden, ehe wir den Kamm sahen. Nach einer weiteren waren wir oben. Wir standen auf dem Grat. Der Schnee war ein feines Pulver hier oben, der Wind heulte mit einer Brutalität, die uns entmutigte, und statt der erhofften Belohnung eines weiten Blicks über heiles, unzerstörtes Land sahen wir nur in ein Tal voller tief hängender Wolken. Wir begannen sofort mit dem Abstieg, eher ungewollt, wir waren zu müde, um hier oben herumzustehen, aber vorsichtig, es war steil, und der Wind tat in den Augen weh und in den Ohren, obwohl wir Mützen trugen, der Wind tat uns auch im Herzen weh, in den Lungen, sie brannten, wir stiegen ab, wir stolperten, wir fielen, wir standen wieder auf, wir versanken bis zur Hüfte im frischen Schnee auf der Nordseite des Berges. Lange hätten wir das nicht durchgehalten. Jemand zeigte auf die Masten der Gondelbahn, weiter unten, die müsse doch irgendwo enden, und dann sahen wir in etwa fünfhundert Metern Entfernung die Bergstation. Die Bahn war nicht in Betrieb, obwohl der Schnee gut war, aber nachdem wir das Dorf brennen gesehen hatten, überraschte es uns nicht, die Bergstation völlig verlassen vorzufinden.

Nach kurzem Zögern hob Golde einen Eisblock aus dem beiseitegeräumten Schnee und schlug eine Scheibe der Tür ein. Wir zwängten uns durch das Loch, vorsichtig an den Zacken im Glas vorbei, da hatte es Golde noch nicht so eilig. Die schwachen Reste von Wärme im Innern der Bergstation freuten uns. Dann ärgerten wir uns, dass das Loch so groß war. Gruber rollte den großen Teppich im Eingangsbereich ein, und gemeinsam mit Golde stopfte er ihn in das Loch, eine hässliche, notdürftige Lösung, die uns unsere Überforderung mit unserer Lage noch deutlicher bewusst machte, der Wind pfiff vorbei an der schwarzen Plastikwurst und um unsere Beine. Über eine breite, mit dicken Gummimatten belegte Treppe stiegen wir hinab ins Panoramarestaurant, ohne Skistiefel wirkte die Polsterung der Treppe übertrieben, so als wäre sie für Menschen gemacht, die auf Treppen gerne hinfallen, aber wir freuten uns, weil sie uns auch sagte, dass hier Menschen an andere Menschen gedacht haben, als sie eine Treppe bauten. Einer nach dem anderen gingen wir durch das Drehkreuz des verlassenen Selbstbedienungsrestaurants, instinktiv nahm sich jeder ein Tablett vom Stoß. Es gab noch Bier, alte Sandwichs und eingelegten Gurkensalat, die Gurken konnte man fast trinken, so weich waren sie, wir freuten uns, wir hatten Durst. Die gefüllte Fritteuse war kalt und sah dennoch sehr anziehend aus, wir widerstanden ihr. Wir setzten uns an einen Tisch am Fenster. Der Nebel war so nah, dass das Glas weich aussah. Das Essen tat gut. Wir spürten die Nahrung in unsere Mägen sinken, wir spürten Wärme, die sich von dort ausbreitete, obwohl wir nur Kaltes gegessen hatten, wir spürten, der Körper hat wieder Material, mit dem er arbeiten, etwas, das er verbrennen kann. Dann legten wir unsere Gabeln beiseite und schlürften die Gurken samt Dressing direkt aus den weißen Porzellanschüsseln.

Und jetzt suchen wir die Heizung, sagte Drygalski in die schnell länger werdende Stille, wir anderen nickten voller Hoffnung und wischten uns wohlerzogen den Mund ab, der letzte Rest Abendbrotillusion, mit den Händen, nicht mit den Ärmeln. Wir standen auf, wir gingen, fast schlenderten wir durch den Saal, wir waren gut gelaunt, als wir die skistiefelsichere Treppe hochgingen, im Eingangsbereich blieben wir stehen, hier hatten wir doch beim Reinkommen Türen gesehen, ja klar, da waren sie ja schon, zwei Stück, etwas größer als normal, weiß gestrichen, vielleicht nur aus Pressspan, das ist gut, Holz kann man brechen. Golde lehnte sich gegen die eine, Gruber gegen die andere, sie stießen sich ab und ließen sich wieder dagegenfallen, weiter weg, fester dagegen, als ihre Schultern schmerzten, versuchten sie es mit den Füßen. Fürst und ich gingen zurück ins Restaurant und sahen in der Küche nach. Sie war nicht besonders sauber, hier und da standen noch halbvolle Töpfe herum, Nudeln, ein Korb voller harter Brezeln, das Gas war abgedreht, Strom gab es auch nicht, das war ja klar. Mittlerweile hörte man die Tritte von Golde und Gruber gegen die Türen bis in die

Küche, mit einem flauen Gefühl im Magen gingen Fürst und ich die viel zu weiche Treppe wieder hinauf. Als wir ankamen, brach die rechte Tür, und plötzlich waren wir eine Horde zu allem bereiter Plünderer. Keuchend und blind stolperten wir durch dunkle Gänge und über Treppen, es ging abwärts, bis wir zu einer weiteren verschlossenen Tür kamen, diesmal aus Stahl, nichts zu machen, nein, gar nichts, unsere Angriffswelle zerschellte am ersten richtigen Hindernis, und was für ein lächerliches Hindernis war es, wir hämmerten dagegen, wir fluchten, wir schrien, Fürst weinte. Als wir geschlagen und ernüchtert zurückgingen, tröstete mich der Gedanke, dass wir den Brenner nicht gefunden hatten, auf seltsame Art und Weise. Es wäre viel trauriger gewesen, vor der fünfhunderttausend Euro teuren Hochleistungsheizungsanlage einer modernen Skihütte zu stehen, frierend, über dreißigjährig, mit Diplomen in Architektur und Mikrobiologie und ohne einen Schimmer, wie man das Ding in Betrieb nimmt.

Die zweite Holztür führte in die Wohnung der Wirte. Bis auf ein paar ortsübliche Bauernmöbel und einen Fernseher war sie verlassen. Kleidung oder Decken gab es nicht. Sogar die Matratzen hatten sie mitgenommen. Wir hatten zwar nicht damit gerechnet, einen einsatzbereiten Spirituskocher zu finden oder Grillanzünder, aber vielleicht ein paar trockene Holzscheite oder wenigstens etwas Zeitungspapier. Das Einzige, was wir fanden, war eine Packung Papierservietten mit weißblauen Rauten darauf, und wir legten sie auf den Steinboden in der Küche, hielten einen hölzernen Kochlöffel darüber und zündeten erst eine Serviette an, dann zwei, dann drei, dann vier auf einmal, freuten uns jedes Mal einen kurzen Moment lang, wenn die Flamme vom Feuerzeug auf das Papier übergriff, sahen sie zügig breiter werden, aber dafür weniger hell, und wir rochen den Rauch, wir sahen die bayerischen Farben langsam verschwinden, sich kümmerlich wegkrümmen aus ihrer Existenz, ohne für uns irgendwie von Nutzen gewesen zu sein. Der Löffel wurde nicht einmal schwarz.

Dann war die Packung leer und das Feuerzeug unglaublich heiß, und obwohl wir vermuteten, dass es nichts bringen würde, warteten wir, bis es wieder kalt geworden war, und hielten es an die lackierten Stühle und Bänke und Tische, bis es wieder zu heiß war, dann warteten wir wieder und versuchten es noch einmal und warteten und versuchten, und natürlich führte das alles zu nichts, obwohl das doch Holz war, verdammt, ja klar, aber dieses Holz war eben auch für den Gebrauch in einem gastronomischen Betrieb freigegeben worden, von der lokalen Brandschutzbehörde, vor langer Zeit.

Also setzten wir uns wieder an den Ort, wo es uns zuletzt gut gegangen war. Unser Tisch im Panoramarestaurant. Wir räumten ihn ab, Fürst wischte sogar. Dann warteten wir.

Ehe die Sonne versank, klarte es auf. Es wurde kälter. Es wurde dunkel. Es wurde kalt. Es wurde kalt auf eine Art und Weise, die nicht leicht zu erklären ist. Wenn man in der westlichen Gesellschaft aufwächst, meint man, über ausreichend eigene Erfahrungen zu verfügen, um die Begriffe Kälte oder Frieren ein für alle Mal treffend anwenden zu können. Es ist nicht so. Was wir in der ersten Nacht auf der verlassenen Bergstation erlebten, war für uns alle etwas völlig Neues. Der leere Speisesaal. Die weißen Hänge im Mondlicht vor den Panoramafenstern. Ihre Schönheit. Unser Hass auf sie und auf ihre Schönheit, weil wir plötzlich nichts anderes empfinden konnten als eine physische Angst vor dem Tod. Also tanzten wir. Fünf Männer tanzten. Wir tanzten im dunklen Speisesaal, wir sahen unsere Gesichter nicht, wir hörten uns staunend schnaufen, hecheln, zwischen panischem Aus- und vorsichtigem Einatmen, frische Luft, kalt, viel zu kalt. Und über allem der Unglauben an die Möglichkeit einer solchen Temperatur in einem geschlossenen Raum.

Wir blieben die ganze Nacht auf den Beinen, wir bewegten uns von einem tauben Fuß auf den anderen, wir rieben uns aneinander, und die Müdigkeit war unendlich und nicht der Rede wert, war nur eine selbstverständliche, bedeutungslose Konstante wie die Schwerkraft, war ihre direkte, endgültige Fortsetzung, mitten hinein in unser Bewusstsein, wer jetzt fällt, der bleibt liegen, wir blieben stehen. Als es hell wurde, wurde es leichter. Die Temperatur änderte sich zwar zunächst nicht, aber offenbar tröstet es, wenn man sieht, wo man ist, wenn man stirbt.

Wir starben dann doch nicht. Wir standen noch eine Weile regungslos vor dem Panoramafenster und sahen, dass der Tag wirklich anbrach. Dann brachen wir auf. Die ersten Schritte im Schnee klangen unwirklich, das Durchstoßen der dünn gefrorenen Schicht, das Verdichten des Pulvers darunter, das sanfte, sich langsam entfernende Kratzen der über den glänzenden Hang sich ausbreitenden kleinen Lawinen, mit jedem Schritt begann es von vorn, mit jedem mühsam aus dem Weiß wieder hervorgezogenen Fuß, mal zwei, mal fünf, ein Rauschen. Es war windstill. Wir vermieden es, einander in die Gesichter zu sehen, wir fürchteten eine Bestätigung für unser eigenes Empfinden, einstweilen gab es keinen größeren Trost als einen vertrauten Rücken, der sich vor dir aus dieser Situation herausbewegte, langsam, gebückt und unsicher, aber immer noch in Bewegung. Bergab folgten wir den Pfeilern der Bergbahn. Unter den großen Rollen machten wir Rast und horchten nach dem Geräusch, das zu diesem Ort gehört, aber Stahlseile singen nicht, wenn sie stehen.

50 Gehen im Schnee am Hang. Atmen. Gehen am Hang im Schnee. Atmen. Gehen am Hang, atmen, gehen im Schnee, atmen. Gehen, atmen, gehen, atmen, atmen. Denken, dass ausrutschen schlecht wäre, atmen. Ausrutschen, hinfallen, atmen, atmen. Denken, dass ausrutschen schlecht ist, atmen. Frieren, atmen, atmen, atmen. Schnee in jeder noch so kleinen Öffnung von Kleidung und Schuhen, atmen. Schnee im Genick, Schnee an den Handgelenken, Schnee in Ohren und Mund, atmen. Denken, dass man nie wieder aufstehen kann, atmen. Aufstehen. Atmen. Atmen.

51 Es fällt uns zunehmend schwerer, die Eigenschaften unserer Körper, die uns früher voneinander unterschieden, in Worte zu fassen. Konzepte wie Charakter oder Persönlichkeit haben in unserer kleinen Gruppe keine Bedeutung mehr. Gespräche werden hauptsächlich zur Verständigung über tägliche Notwendigkeiten geführt, wer holt Wasser, wer sammelt Holz, wer macht ein Feuer, wer hat ein totes Tier? Diese Fragen werden mit ich, du oder er beantwortet, aber selten mit so etwas Romantischem wie einem Eigennamen. Andere Fragen werden seltener. Wir sind ein über mehrere Körper verteilter Wille geworden, und neben dem Teil dieses Willens, den jeder von uns in sich trägt, ist kein Raum mehr für irgendetwas anderes.

Wir wollen leben.

52 Wenn es dunkel ist, versuchen wir, leise zu gehen. Wir wissen nicht genau warum. Wir haben weder bei Licht noch in der Nacht jemanden getroffen, der unsere Schritte hören könnte oder uns gefährlich werden, und bei Tag gehen wir auch immer einfach so, wie wir gehen. Weil wir sehen, dass da nichts ist. Nachts sehen wir nichts. Was nicht heißt, dass nichts da ist. So gehen wir durch das Schwarz, die Hände nach vorne gestreckt, und versuchen, nicht auf die Stellen zu treten, wo Äste liegen, die knacken. Wir haben keine Ahnung, wo diese Stellen sind.

Vermutlich sind es die jahrzehntelang gewachsenen Verbindungen aus ähnlich oft in ähnlicher Weise gebrauchten Wörtern, die uns auch jetzt noch in einer Reihe halten. Mama, Papa, Gott, Hitler, De Bello Gallico, die zweite binomische Formel, Außenhandelsbilanz und Zitronensäurezyklus, je nach Schulabschluss, erst mit der Ausbildung begannen wir uns allmählich voneinander zu entfernen, jeder dahin, wo er sein Glück vermutete oder sein Geld. Wir waren uns immer sicher, dass wir jederzeit wieder umkehren könnten, uns fallen lassen, und dann wäre wieder, was war, ehe wurde, was ist: wir.
Wir Furchtlosen.
Wir Lachenden.
Wir mit den coolsten Turnschuhen der Schule.
Wir im Auto, an der Hansastraße, was kostet ein Blowjob, und wenn vier Jungs zusehen? Verpisst euch.
Wir Verwirrten, wo fing gleich noch mal Alkoholismus an,

wo hörte Feiern auf, die durchwachten Nächte, die Eimer voll Wodka Red Bull, das Weißwurstfrühstück, bei dem es nur eine Wurst gab für jeden, aber vier Bier.
Wir Schlauen, Stilvollen, Eleganten, mit den Abonnementkarten der Eltern zu Smetana oder Mussorgsky, wir Einfallsreichen, die Junggesellenabschiede mit Liebe und sehr viel Gefühl, Überraschung, Entführung, Verkleidung, Fallschirmsprung und selbstverständlich mit einer Stripperin abends im Club.
Wir Männer.
Wir Jungs.
Wir Kinder.
Wir auf dem Heimweg von der Schule, am Freitag, von Augen und Haaren und Kleidungsstücken unserer Klassenkameradinnen schwärmend, von Zeilen aus Rap-Songs, von Fußballspielern, von Autos, die wir uns nie würden leisten können, von elterlichen Finanzzuschüssen für Fahrstunden, davon, dass Freitag war, von der Party, auf die wir gehen würden, später, treffen wir uns um acht.
Wir auf dem Fahrradweg durch die Felder, bei Sonnenuntergang, irgendwo zwischen Biergarten und Jugendzentrum. Wir, immer schneller in die Pedale tretend. Wir in einer Reihe, einer nach dem anderen einbrechend in die Schwärze des Waldes, in unseren weit aufgerissenen Augen nichts als der Wind.

Wir, sicher geleitet von unseren Schreien.

53 Auf einer Lichtung stehen kreuz und quer Überseecontainer in Rot und Blau und Gelb, mit Rost an den Stellen, wo sie den Waldboden berühren. Sie sind verschlossen. Mein Herz schlägt schneller. Das hier könnte etwas Entscheidendes sein. Diese Dinger, an diesem Ort, ihr Inhalt, wir, ziellos, hungrig und frierend, in einer Situation, die wir nicht genauer klassifizieren können, weil wir nicht genug über sie wissen, wahrscheinlich nie wissen werden, was schlecht ist, sehr schlecht, aber das hier könnte etwas Gutes sein, etwas Rettendes, Warmes, Sanftes, etwas Schönes. Es könnte natürlich auch etwas Enttäuschendes sein, etwas Verstörendes, Grausames, Schreckliches, oder aber etwas vollkommen Bedeutungsloses. Wie auch immer. Das hier könnte etwas sein.

Wieso hat die keiner aufgemacht?

Gruber fragt, ehe er die Vorhangschlösser sieht, und ich wünsche mir den Hammer zurück. Im Moment mehr als Golde.

Wir brauchen einen Stein.

Also suchen wir. Einen Stein. Mitten im Wald. Mitten im Wald findet man Holz, Tannennadeln und manchmal einen alten Kühlschrank, aber normalerweise keine Steine. Keine Steine, die groß genug sind, um ein Schloss aufzubrechen.

Gib mal her.

Gruber sieht sich den etwa drei Zentimeter breiten Kiesel an, den ich unter einer Wurzel gefunden habe, er nimmt ihn in die Hand und hält ihn mit den Fingerspitzen und klopft auf das Vorhängeschloss des ersten Containers, Hamburg Süd, er tätschelt es eher, toktok, es klingt, als würde er einen Messingtürklopfer betätigen an einer Reedervilla in Blankenese. Er hört auf. Er nimmt ihn in die Faust. Er hält den Stein so umklammert, dass zwischen Zeige- und Mittelfinger ein Stück herausschaut, ein kleines Stückchen Stein, die Ahnung einer allgemein anerkannten Härte. Er schlägt vorsichtig zu, also eigentlich schlägt er nicht, er versucht, seine Faust mit dem Stein so zum Schloss zu bewegen, dass der Stein das Schloss berührt und nicht sein Fleisch. Beim ersten Mal klappt es. Beim zweiten Mal auch. Beim dritten, festeren, ersten richtigen Schlag hören wir nicht das Geräusch von Stein auf Stahl, stattdessen nur ein dumpfes Klopfen, Gruber schreit auf, hüpft weg und reibt sich die Hand.

Vom Wald her ein Schleifen. Ein Keuchen. Ein Ächzen, Schritte, die sich gegen Äste stemmen, bis sie brechen, die kleinen sofort, die dickeren erst nach einer Weile, dann wieder das Keuchen, das Schleifen, ein Platschen und der Hall von dünnem Metall.

Helft mir mal.

Drygalski zieht einen Kühlschrank auf die Lichtung. Wir bücken uns, der Rücken knackt, so hebt man nichts hoch, dann knacken eben die Knie, und der schmutzig weiß schimmernde Metallblock schwebt auf die Mitte der Lichtung zu, auf den Container, das Schloss.

Der Krach ist beeindruckend, der Aufschlag hallt lange nach im Innern des Containers, und es wirkt ungerecht, dass der von uns erzeugte Schall vor uns da ist, wo wir so dringend hinwollen, aber nicht können. Noch nicht. Noch ein Schlag. Noch ein Schlag. Noch einer. Dumpf fällt der Kühlschrank ins Gras. Wir heben ihn wieder auf. Und schlagen wieder auf das Schloss ein, jetzt treffen wir es auch mal, zur Abwechslung, und dann wieder zweimal nicht, dann fällt uns der Kühlschrank wieder runter, wir springen zur Seite, bringen unsere müden Füße in Sicherheit, Knie knacken, wir heben ihn wieder auf, stoßen noch einmal zu, und dann bricht das Schloss. Es traut sich keiner so recht, das Tor zu öffnen, Golde ist tot, Fürst ist liegen geblieben, und Gruber und Drygalski wissen auch nicht so recht, also hebe ich den Verschluss an und ziehe vorsichtig an der Stahltür. Sie lässt sich überraschend leicht öffnen. Im schwachen Licht etwas Weißes, viel Weißes, weiße Kisten, Blöcke, matt glänzend, metallisch, mit abgerundeten Kanten. Kühlschränke. Ein ganzer Container voll.

Später dann Feuer. Es muss Feuer sein, immer muss es

Feuer sein, wenn man nichts zu tun hat, außer ganz genauso weiterzumachen wie bisher, das Licht, in dem Zivilisationen errichtet werden und eingerissen, eigentlich müssten wir tanzen, aber die Euphorie ist wie so oft nur im Kopf, nur ein Wort.

Es war nicht ganz leicht, den Brand in Gang zu kriegen, aber wegen des Warnhinweises auf den Verpackungen gaben wir nicht so schnell auf, und mit dem Kühlmittel aus den Kompressoren ging es dann doch ganz gut. Stumm warten wir auf eine Explosion, wahrscheinlich weil wir das so aus dem Fernsehen kennen, immer wieder den Standort wechselnd, weil der Rauch von der Wärmedämmung aus Polyurethan und der Vinylchlorid-Innenverkleidung in unsere Nasen kriecht. Es gibt keine Explosion. Als es dunkel wird, sehen wir den Schein der Flammen im offenen Container an den Bäumen ringsum, ein rotgelbes, zitterndes Quadrat am Rand der Lichtung, wie eine Tür in einen besseren, wärmeren Wald.

Im Morgengrauen schüttelt Drygalski meine Schulter und dann die von Gruber, und dann stehen wir auf, kommt mal mit, sagt er, und wir gehen ganz nah an den Container ran, aus dem es jetzt nur noch müde herausraucht, und dann stellt er sich mit dem Rücken an die Seitenwand und legt die Hände ineinander, macht eine Räuberleiter, und Gruber zieht sich hoch, und dann ziehe ich mich hoch, und dann ziehen Gruber und ich gemeinsam Drygalski hoch, und nichts hat sich jemals besser angefühlt als Hände, die fest ineinandergreifen. Erschöpft vom Klettern und Hochziehen drehen wir uns auf den Rücken und atmen durch, wir sehen den Himmel über uns, der grau ist, aber wunderschön, gerade weil wir dabei auch den Stahl unter uns spüren. Er ist noch warm.

54 Und dann. Das wiederholte Wieder-einmal, das uralte Auf-ein-Neues, das Öffnen der Augen, das Einsaugen der Luft, das partielle Feuern der allernötigsten und vorerst einzigen verfügbaren Hirnareale, das Zugehörigkeitsgefühl zu einer Spezies, die dazu verdammt ist, zu glauben, dass die Zugehörigkeit zu dieser Spezies etwas Besonderes aus ihr macht, die Pflicht, aufzustehen, das Weiterleben-Müssen, Weiterleben-Wollen, Weiterleben-Wollen-Müssen, die Angst vor dem eines Tages nicht mehr Weiterleben-Können, der erste Schritt, die Macht der Schwerkraft, das Ausstoßen der verbrauchten Luft, das nutzlose Wissen vom eigenen Vorhandensein wie Watte über der Welt. Das tägliche Staunen über die Anwesenheit der Dinge.

Gehen wir?
Ja.

55 Es ist noch früh am Morgen. Der Himmel ist klar. Wir sehen einen Kondensstreifen, sehen ihn schon im Wald, durch die am Waldrand größer werdenden Lücken im Dach aus Tannenzweigen, wir gehen schneller, die Lücken werden größer, wir treten aus dem Wald, und in dem Moment, als der Himmel endlich wieder in seiner ganzen Weite über uns liegt, und in seiner Mitte der nach hinten langsam ausfransende Schnitt aus weißem Rauch, sehen wir vor uns ein weites Feld unter einer dünnen, geschlossenen Schneedecke.

Lasst uns was reinschreiben, sagt Drygalski. Vielleicht kommt noch einer und sieht es.

Und niemand fragt, was der dann machen soll, der eine, der vielleicht noch kommt, ob er landen wird oder Bomben abwerfen oder Nahrung, oder ob er wohl Rettungstrupps auf dem Landweg schickt. Es ist uns egal. Wir sind froh, einen Plan zu haben, etwas zu tun, eine Idee, die zu einer zielgerichteten Handlung führt mit einer ungefähren Erinnerung an das Wort Sinn und mit Sprache, Buchstaben vielleicht, Zeichen, die wir in den Schnee schreiben können, mit den Füßen, das weiße, lockere Pulver eintreten in den braunen, hartgefrorenen Acker, Schritt für Schritt, und aus unseren Bewegungen über das Feld wächst etwas, das von unseren Bewegungen seltsam isoliert ist, jeder Schritt allein bedeutet noch nichts, auch die Kette von Schritten eines jeden Einzelnen von uns noch nicht, nur die in unseren Köpfen entstandene, vorher abgesprochene, gemeinsam gemäß unserer in Übereinstimmung gebrachten Vorstellungen verwirklichte Choreografie hat die Chance, Bedeutung zu bekommen, ein letzter Tanz, die eine Botschaft, die wir hinterlassen, unseren Rettern, der Nachwelt oder dem Nichts.

Was wollen wir schreiben? Hilfe? Oder Help?
Ist beides ein bisschen lang.
Außerdem: Auf einen Hilferuf kann auch jemand reagieren, der nicht helfen will.
Wie?
Na ja. Wer auch immer das hier alles gemacht hat. Vielleicht sieht er das und macht dann mit uns weiter.
Man müsste etwas schreiben, das nur für jemanden Bedeutung hat, der Gutes im Sinn hat.
Ein Kreuz?
Vielleicht.
Aber wenn die im Flugzeug Moslems sind? Würden die aufgrund eines Kreuzes helfen wollen?
Nicht alle Moslems sind radikal.
Nein. Aber stell dir mal vor, du würdest über ein Land fliegen, wo alles kaputt ist, und dann siehst du unten einen Halbmond. Sonst nichts. Nur einen Halbmond. Würdest du denen helfen?
Wieso einen Halbmond?
Aber ein Kreuz bedeutet doch Nächstenliebe.
Ein Kreuz ist ein Folterinstrument.

Na gut.
Vielleicht einen Daumen. So wie bei Facebook.
Gefällt dir dieses Feld?
Nicht besonders. Aber der Daumen heißt doch so viel wie: Hey, wir sind cool, wir sind okay, mit uns kann man abhängen, es könnte sich lohnen, uns kennenzulernen.
Aber wenn man darüberfliegt.
Hm.

Wir überlegen noch eine Weile, formulieren Sätze, die in einen Acker zu schreiben mehrere Wochen dauern würde, und erfinden Symbole, die niemand verstehen würde. Schließlich entscheiden wir uns, kurz bevor wir das Projekt als Ganzes in Frage stellen, für ein gewaltiges Peace-Zeichen.

Um die weiße Fläche möglichst intakt zu lassen, teilen wir uns auf und nähern uns dem Feld von drei verschiedenen Seiten. Mit großen Schritten, die nur vereinzelte dunkle Punkte im Schnee hinterlassen, stellen wir einen Mindestabstand zum Rand des Ackers her. Als wir bereit sind, winken wir einander zu. Wir drehen uns nach rechts. Wir marschieren los, jetzt mit festen, kurz nacheinander gesetzten Schritten, wir stampfen dem Planeten die letzten Reste Bedeutung ein, diese Botschaft lassen wir da, ihr könnt uns alle am Arsch lecken, kommt her, bringt uns um, wenn ihr wollt, aber vorher haben wir noch die Chance, etwas zu schreiben, in der Hoffnung, von jemandem gelesen zu werden, der uns erlöst, also wünschen wir euch und uns selbst nur das Beste: Frieden.

Es geht langsam voran. In einer leichten Linkskurve markieren wir jeder einen Drittelkreis zum Ausgangspunkt unseres Vordermannes. Gruber kommt als Erster ans Ziel. Dann ich. Auf Drygalski müssen wir noch ein paar Minuten warten, ich frage mich, ob er wirklich so viel langsamer ist oder ob sein Kreisabschnitt vielleicht größer war. Ich lockere meinen Schal ein wenig. Die Sonne steht jetzt schon viel höher, ich habe es gar nicht bemerkt, wir haben ja auch immer den Schnee vor uns angestarrt, den wir in den Acker getreten haben, endlich ist es mal angenehm warm. Die Sonne. Der Schnee. Da ruft Drygalski, und wir beginnen den Marsch zum Mittelpunkt unseres Kreises, Freundeskreis, denke ich noch, und Frieden. Und Sonne. Und Schnee.

Ich nehme meine Mütze vom Kopf und stecke sie in die Tasche. Mir ist heiß. Ich merke, wie der Schnee, den ich in den Acker trete, dünner und wässriger wird, Drygalski und Gruber sind noch gut fünfzig Meter entfernt, ich gehe weiter, auf den Mittelpunkt zu. Als wir uns endlich treffen, ist allen klar, dass in spätestens zwei Stunden nichts mehr von unserem Friedensmarsch zu sehen sein wird. Weil keiner Lust hat, es auszusprechen, sehen wir schweigend in die Sonne, bis wir uns alle sicher sind, dass jeder von uns verstanden hat, dass ein langer, ruhiger Blick in die Sonne auf einem tauenden Feld in der Mitte einer in Auflösung begriffenen Botschaft an die Nachwelt nur dem Ausdruck eines einzigen Sachverhalts dient: Euch ist doch auch bekannt, dass Schnee in der Sonne schmilzt, oder?

Wir verzichten auf den zu einem kompletten Peace-Zeichen noch fehlenden letzten Strich hin zum Rand des Kreises und verlassen das Feld. Kurz bevor wir auf der nächsten Anhöhe im Wald verschwinden, sehen wir uns noch einmal um.

Das Beste oder nichts, sagt Gruber.

Drygalski runzelt die Stirn, aber er traut sich anscheinend nicht, zu fragen, was Gruber meint. Unter uns ein riesiger Mercedes-Stern.

56 Und dann finden wir nichts mehr zu essen, zwei Tage in Folge. Also essen wir die Früchte des Waldes oder das, was wir Stadtkinder dafür halten. Abgesehen davon, dass Anfang April noch nicht viel wächst in einem Wald, wissen wir auch gar nicht, was von den Dingen, die da wachsen, essbar ist. Wir wissen eigentlich auch nicht genau, was essbar bedeutet, denn in den Mund stecken, kauen und schlucken kann man vieles. Wir gehen durch den Wald, unser Magen ist ein einziges großes Loch, durch das der Schmerz hereingekrochen kommt, und von unten steigt er langsam nach oben, in den Hals, den Kopf, die Augen. Alles, was du ansiehst, tut dir weh, aber du siehst es weiterhin an, denn du musst es genau ansehen, musst wissen, ob man das nicht vielleicht in den Mund stecken, kauen und schlucken kann, und du siehst, wie du bei jedem neuen Ding, dass du ansiehst, weniger kritisch wirst, natürlich hattest du einmal ganz bestimmte Vorstellungen davon, was in deinen Körper hineinkommt, welche Stoffe und Verbindungen du ihm zuführst, und natürlich hast du früher auch daran gedacht, dass du aus den Dingen, die du in dich hineinlässt, gebaut wirst, repariert, überarbeitet, angepasst, also iss nicht zu viel komisches Zeug.

Wir gehen durch den Wald, er ist unser einziger, letzter Freund, und unsere Augen jagen von einem Ding zum nächsten, und Drygalski sagt, man müsste eine große politische Kampagne machen, damit so was nie wieder passiert, die Menschen müssen wissen, was sie am Frieden haben, an Europa, an der harmlosen Langeweile, und er sieht durch mich hindurch, als er brüllt, zum ersten Mal, seit ich ihn kenne, brüllt er, er brüllt mich an, und er brüllt, weißt du das, hast du das begriffen, und dabei sieht er durch mich hindurch auf das dürre Gestrüpp hinter mir.

Gruber reißt an einer Wurzel und sagt, wisst ihr, ich bin ein normaler Mann, ich interessiere mich für Frauen, und ich glaube an das Gute, und deshalb verfolge ich mein Interesse für Frauen auf eine zurückhaltende, höfliche Art und Weise, und dann rutscht die Wurzel durch seine Hand, und plötzlich sitzt er im Matsch, seine Handflächen sind blutig, und er sagt, wenn ihr wählen müsstet, würdet ihr lieber einen anderen Mann in den Arsch ficken oder in den Arsch gefickt werden von einem anderen Mann? Man muss sich doch helfen, sagt er, das ist menschlich, wer wären wir, wenn wir das nicht mehr täten, kann ich euch helfen, schaut her, da hinten gibt es Laubbäume, Laubbäume sind besser als Nadelbäume, Laub sticht nicht, soll ich einem von euch Blätter mitbringen, da sind Blätter, gute, weiche Blätter, sagt er, aber die Bäume haben noch keine Blätter.

Drygalski sitzt im Schneidersitz unter einer Fichte und reißt einem Tannenzapfen die Schuppen heraus, und er sieht sie sich einen nach dem anderen ganz genau an, von allen Seiten, er hält sie gegen das Licht, und dann wirft er sie hinter sich und sagt, nein, das ist noch nicht gut, das stimmt noch nicht, das ist nicht richtig.

Ich gehe ein bisschen von ihnen weg. Ich gehe tiefer in den Wald, und ich höre Drygalski rufen, eine politische Gemeinschaft, die stark genug ist, den Frieden zu bewahren, und die nationale Identität darf dabei keine Rolle spielen, und die wirtschaftlichen Interessen sind vielleicht ein primitiver Grund, aber ein praktikabler, keine Moral ist so mächtig wie der Kontostand und der Bauch, und Gruber schreit, das Missverhältnis zwischen der Leere und Unermesslichkeit des Raumes und der Begrenztheit der Dinge ist der Grund für die unendliche Überlegenheit des weiblichen Geschlechts, die Vagina wird immer größer sein als der Penis, und dann redet er undeutlich, ich glaube, er zerrt mittlerweile mit den Zähnen an der Wurzel, und ich gehe noch etwas weiter weg. Ich gehe an Bäumen vorbei. Im Vorbeigehen berühre ich Bäume mit meinen Fingern, die ersten streife ich noch ganz sanft, dann ändert sich etwas, nicht meine Geschwindigkeit, meine Schrittfrequenz, das alles bleibt gleich, aber meine Finger streifen fester über die Bäume, beginnen nach ihnen zu greifen, zuerst nur die Finger, dann die Nägel, und ich höre das Kratzen meiner Nägel über die Rinde, und das Kratzen wird bei jedem Baum lauter und die Spannung in den Fingern größer, in den Armen, in den Schultern, meine Nägel graben sich bei jedem Baum fester in die Rinde, und ich gehe weiter, weil ich weiß, das ist nichts für mich, aber die Rinde hängt unter meinen Nägeln, meine Hände wollen diese Rinde festhalten, weil diese Rinde da ist, sie ist so da, so vorhanden, sie ist, ist etwas, und ich brauche jetzt sofort irgendetwas in mich hinein, und ich gehe weiter, und dann bricht der Fingernagel am rechten Ringfinger, und es ist nur ein Fingernagel, aber es macht mich so unglaublich wütend und traurig, und ich stolpere, und dann weine ich, Tränen laufen mir über die Wangen, ich weine über meinen abgebrochenen Fingernagel, und dann falle ich in die weichen, modrigen Nadeln, zuerst schlagen meine Knie auf, dann meine Hände, dann der Rest, und ganz langsam senke ich mein Gesicht auf die kühle, feuchte, modrige Gegenständlichkeit des Waldbodens. Mein Mund ist weit offen, der Boden kommt näher, näher und näher, und die Nadeln bewegen sich in meinem Mund, und in den Nadeln bewegt sich noch etwas anderes, und ich denke, vielleicht Ameisen, und dann schlafe ich ein.

57 Als ich aufwache, regnet es wieder. Wir sitzen im Kreis. Wir essen. Wir essen Tannennadeln. Wir essen Knospen. Wir essen Rinde. Wir essen Wurzeln. Natürlich nur in ganz kleinen Portionen, wir wollen unseren Körper nicht zu sehr strapazieren. Eine Stunde später haben Gruber und ich Durchfall, Drygalski erbricht sich. Wir sind uns nicht sicher, wer besser dran ist. Wir liegen im Wald und stellen fest, dass wir immer noch leben. Irgendwie stehen wir auf. Wir stützen uns auf Stämme und aufeinander, wir wanken an Bäumen vorbei. Wir wollen heraus aus diesem ständigen Halbdunkel, dem Grün, dem Grau. Irgendwann werden die Bäume weniger, stehen weniger dicht, sind weniger hoch, der Waldrand, ein Feld. Der Regen ist nun nicht mehr zu übersehen.

Es wird Frühling, sagt Gruber.

Die letzten weißen Flecken lösen sich langsam auf in der Ebene vor uns, unter einem leeren, grauen Himmel, bei einer Temperatur, der man ohne den Regen nicht angemerkt hätte, dass sie sich über dem Nullpunkt befindet. Wir erkennen Steine, Wiesen, Ackerland, Baumstümpfe, Reste von Mauern. Wir sehen die Welt in ihrer gleichgültigen, schmucklosen Anwesenheit. Wir treten in den Regen hinaus. Das Nasswerden macht uns für einen kurzen Moment wach, wir fühlen uns lebendiger, auch wenn jedes Nasswerden uns in der darauffolgenden Nacht dem Erfrierungstod näher bringt, wir gehen in den Regen hinaus, auf das offene Feld, an der Grenze zwischen zwei brachliegenden Feldern steht eine alte Linde. Da wollen wir hin. Der Acker ist vollgesogen mit Feuchtigkeit, schwer klebt der Lehm an unseren Füßen, wie Kinderköpfe heben und senken wir sie aus dem Dunkelbraun unter uns, die Haare hängen in Strähnen in unsere Stirn, der Regen perlt an ihr ab, sie ist talgig, er läuft an Kinn und Hals herab, direkt in Nacken und Brust. Die Linde zwischen den Brachen sieht einladend aus, wir wollen dahin, wir müssen da unbedingt jetzt gleich hin, schließlich regnet es ja, und obwohl wir im Wald geschützt waren und der Wald in unserem Rücken immer noch näher ist als die Linde vor uns, gehen wir weiter aufs Feld hinaus, zur Linde, ins nassgraue Licht.

Irgendwann erreichen wir sie, und wir legen uns unter ihre feinen, jungen Blätter, und der Regen erreicht uns nicht mehr so sehr, und dann wird es schon wieder dunkel, haben wir wirklich so lange gebraucht über die Felder, vielleicht sind es auch Wolken, es spielt keine Rolle, wir legen uns hin, und wir wissen, dass wir, wenn wir morgen noch einmal aufstehen werden, früh aufstehen werden, weil wir immer früh aufstehen, weil es angebracht ist in dieser Situation, verlassene oder verbrannte Dörfer, oder Körper, Menschen in Auflösung, Nebel, Ruß, Tod. Es fühlt sich passend an, früh aufzustehen, wenn man ums Überleben kämpft, deswegen werden wir auch morgen früh aufstehen, aber wenn wir wach sind, werden wir feststellen, dass wir enttäuschend wenig beitragen können zu unserem Überleben. Wir werden feststellen, dass wir noch vorhanden sind. Das wird alles sein. Es wird nichts für uns zu tun geben. Wenn wir Holz haben, werden wir Feuer machen, wenn nicht, nicht. Dann werden wir uns aufwärmen, indem wir von einem Fuß auf den anderen springen, Kniebeugen machen und vorsichtig die steifen Hüften kreisen lassen. Für Liegestütze sind wir schon lange zu schwach.

58 Ehe ich einschlafe, sehe ich das helle Grün der ersten Lindenblätter über mir, wie es sich mit dem Braun der Zweige und des Stammes vermengt und mit der dünnen Schicht Wasser, das an dem Ganzen herunterfließt, und das Ganze wird eins mit dem grauen Himmel. Die Welt wird ein Nebel, der sich nicht nur über die Dinge da draußen legt, sondern auch über die Wörter in mir.

Im Halbschlaf sehe ich Gruber. Er hält seinen Kopf gerade. Er setzt die Füße behutsam auf, er hebt sie etwas höher, als er müsste, er geht leicht nach hinten gelehnt, nach jedem Schritt wartet er einen Moment, so als wäre er erstaunt, dass die Straße hält, oder die Kontinentalplatte.

Im Halbschlaf sehe ich Gruber vor ein paar Wochen, wie er im Lager steht. Vor ihm liegen fünfzehntausend Männerunterhosen mit Eingriff, doppelt genäht, 30% Baumwolle, 70% Polyester, ordentlich in Kartons verpackt und sauber auf Europaletten geschichtet. Sie liegen bereit. Abgepackt in praktischen Aufreißboxen zu je fünf Stück, mit Sichtfenster, damit man das italienische Dessin sehen kann und die Trendfarben Rot und Blau. Grubers Blick streift die Lieferscheine, auf denen die Adressen der Großmärkte stehen, die auf die Unterhosen warten, und er denkt an die fünfzehntausend Penisse, die bald in diesen Unterhosen ruhen werden und ab und zu durch den Eingriff herausgeholt und wieder weggesteckt werden, und er denkt an die dreißigtausend Hoden, die währenddessen brav in der flexiblen Passform liegen werden, bequem gebettet im Polyesterbaumwollgemisch. Er blickt über die Paletten und denkt an die Abermilliarden Spermien, die jeden Tag in den Hoden in den Unterhosen produziert werden, er denkt an die Tausenden Menschen, die vielleicht daraus entstehen, und an die Häuser, die sie bauen, die Autos, die sie fahren, die Frauen, die sie lieben werden, und an die IT-Lösungen, die Gebrauchsgegenstände, Rohstoffzertifikate, Nummer-1-Hits und Männerunterhosen mit Eingriff, die diese Menschen produzieren werden, irgendwann einmal, vielleicht.

Gruber wartet auf den Mann vom DPD. Die Kisten sind gepackt, die Formulare liegen bereit, Kaffee hat er schon genug getrunken, und die anderen sind in der Mittagspause. Er geht zurück ins Büro, setzt sich an den Rechner, öffnet den Browser und gibt in die Suchmaske von redtube ein: facial. Es geht ihm nicht darum, zu onanieren, das findet er unwürdig, onanieren am Arbeitsplatz, er ist kein kleiner Junge mehr, außerdem gehört die Firma seinem Onkel, nein, wahrscheinlich wird er nicht einmal eine Erektion haben, gleich, und er klickt auf Tera Patrick vs. Rocco Sifredi & Nacho Vidal, nicht weil er sich befriedigen will, sondern weil er es eben schön findet, wenn Sperma auf einem schönen Gesicht landet, in einem schönen Mund, auf einer schönen Zunge. Schönes Sperma aus einem schönen Schwanz.
Das Telefon klingelt.

Pro-Fashion, Gruber, grüß Gott?
Auf dem Bildschirm drei Nackte am Pool.
Gar nicht im Mittag, der Herr Gruber?
Der Ladebalken wächst.
Herr Özbay! Wo sind Sie?
Die drei beginnen sich zu bewegen. Für einen Moment hängt das Bild.
Dreieck Brunnthal. Das dauert noch.
Sie wissen, dass die Sendung heute zur Metro-Zentrale nach Penzberg muss?
Das Bild läuft weiter.
Was soll ich machen?
Nacho gibt Tera eine Ohrfeige, sein silbernes Armkettchen blinkt in der Sonne.
Keine Ahnung? Verkehrsfunk hören?
Dann steckt er ihr sein dickes Glied in den Mund.
Herr Gruber. Es tut mir leid. Das war so nicht abzusehen.
Von hinten nähert sich Rocco, sein Schwanz ist noch etwas dicker als der von Nacho, er legt ihn Tera zärtlich auf die Fontanelle und macht mit der Hüfte kreisende Bewegungen, als wollte er ihren Scheitel befruchten. Sie lutscht unbeeindruckt an Nacho, als hätte sie seit Wochen nichts gegessen. Ihre Kreolen schwingen vor und zurück.
Geschenkt. Und was jetzt?
Na ja, Sie kennen ja die Leute von der Metro-Dispo ganz gut.
Rocco zieht seinen Penis aus Teras Haaren.
Und?

Rocco reibt selbst ein bisschen daran. Offenbar hat ihn die Nummer mit dem Scheitel doch nicht so angetörnt, wie es sein leidenschaftlicher Gesichtsausdruck hätte vermuten lassen. Ist eben doch nur gespielt, alles.
Ich dachte, vielleicht könnten Sie die dazu bewegen, heute etwas länger zu bleiben.
Rocco geht um Tera herum, er stellt sich neben Nacho.
Ist das Ihr Ernst?
Zärtlich peitscht er ihre Wange mit seinem mittlerweile wieder riesigen Schwanz.
Na ja.
So im direkten Vergleich macht sogar Nacho eine schlechte Figur neben Rocco.
Also: Sie sind zu spät. Sie können den Termin vermutlich nicht halten. Meine Firma wird von Ihnen daher vermutlich Schadenersatz fordern. Und um das abzuwenden, soll ich mit den Penzbergern telefonieren?
Rocco ist eben nicht irgendwer.
Wenn wir heute nicht liefern, liefern vor allem Sie nicht. Dass es der Fehler des Spediteurs ist, ist doch der Metro scheißegal.
Tera kriegt ihn kaum in den Mund.
Wollen Sie mich erpressen?
Aber irgendwie eben dann doch. Nacho verteilt noch etwas Präejakulat auf ihrer Wange, aber er scheint selbst zu merken, dass er hier überflüssig ist.
Herr Gruber. Wie lange arbeiten wir jetzt schon zusammen?

O Tera, du Duldsame.

Schon gut. Ich weine fast vor Rührung. Aber wieso rufen Sie nicht selbst an?

Tera, du Schöne.

Wollen Sie das wirklich wissen?

Tera, deine großen, dunklen Augen.

Allerdings.

Tera, deine langen schwarzen Haare.

Was glauben Sie, tun die Penzberger, wenn ich da anrufe und sage, hier ist Özbay?

Oh.

Gruber klickt auf Pause.

Tut mir leid. Das hatte ich vergessen.

Und das nach fünf Jahren Zusammenarbeit.

Tut mir wirklich leid.

Schon okay.

Also, wir kriegen das hin. Ich ruf die Metronazis an, und Sie schauen, dass Sie heil herkommen.

Heil?

Gesund!

Danke schön, Herr Gruber.

Klar. Wir kriegen das hin. Wir haben das doch immer hingekriegt.

Bis später.

Im Halbschlaf sehe ich Gruber wieder auf Play klicken.

59 Wir erwachen dann doch erst sehr spät. Vielleicht, weil wir am Verhungern sind. Vielleicht wegen der langen, flachen Anstiege der letzten Tage, bei denen man kaum sieht, dass es bergauf geht, und man geht schneller, als man kann, man wird müder, als man sollte, weil man denkt, ist ja nicht steil, und man ruht sich nicht aus. Und irgendwann kotzt man dann Galle, sonst hat man ja nichts im Magen.

Wir lassen Linde und Feld hinter uns und tauchen auf der anderen Seite wieder in den Wald ein. Es ist ein dichter, ein dunkler Wald, es ist nass und matschig und schwierig zu laufen, und als wir plötzlich mitten im Grün auf eine leere Autobahn treffen, sind wir sehr überrascht. Wir folgen ihr Richtung Norden, es tut gut, wieder einmal auf Asphalt zu gehen, und nach wenigen Stunden sehen wir ein paar Häuser, eine große leere Fläche davor und ein ausladendes Flachdach dahinter, unter dem nichts ist, nur ein paar kleine Kästen aus Glas und Metall, ordentlich aufgereiht, mit je einer Fahrspur daneben.

Gruber sagt: Da, die Grenze.
Drygalski sagt: Irgendwas stimmt da nicht.

Ich stelle mir vor, wenn nach uns jemand die Welt wieder aufbaut, wird es eine schweigsame Welt sein. Die Menschen werden sich nur mit Blicken austauschen, mit vorsichtigen Gesten und sanften Berührungen, und sie werden die Stimmbänder nur nutzen, um zu lachen oder zu seufzen. Die Menschen werden auf das, was sie meinen, zeigen, und alles, worauf man nicht zeigen kann, weil es nicht da ist oder abstrakt, das alles kann man dann auch nicht mehr meinen. Und so wird es beschwiegen, Tag für Tag, Jahr für Jahr, bis auch der letzte Rest Erinnerung daran verblasst ist, an den uralten Brauch, aus Menschen austretenden Schall mit Zunge und Mund zu formen und zu zerteilen und die Teile auf Ähnlichkeiten hin zu untersuchen, zu sortieren und weiter zu zerteilen, in immer kleinere Einheiten, und angebliche Entsprechungen der kleinstmöglichen Einheiten auf Stein festzuhalten, auf Silizium oder Papier, und alles Wissen über diese Fertigkeiten wird für immer verschwinden, allmählich und unwiederbringlich, wie verbrauchte Atemluft aus einer Lunge, und mit ihm dieses unheimliche Reich voller körperloser Behauptungen, diese fremde, durchsichtige Welt, die Sprache, ein Meer von Gespenstern.

Und niemand wird je wieder Volk sagen können, oder du, oder ich, oder Liebe, oder leider spüre ich keine Liebe mehr, oder Steuergerechtigkeit, oder ich begrüße Sie herzlich an Bord unserer Boeing 737 auf dem Flug nach Frankfurt am Main, oder wieso haben sie die Grenzanlagen zwischen Deutschland und Österreich noch immer nicht abgerissen, Schengen gilt doch nun schon seit mehr als zwanzig Jahren, oder sicher ist sicher, oder im Fall der Fälle kann man so eine Anlage eben auch ganz schnell wieder in Betrieb nehmen, oder wie man das ja hier sieht, oder Moment mal, oder was ist denn da passiert, oder brennende Reifen auf Barrikaden aus Autos und Schutt, oder zerschnittene Natozäune, oder tote Soldaten in Uniformen ohne Abzeichen, oder ein Durchgang genau in der Mitte, mit einer Planierraupe gepflügt durch den Müll und die Menschen, oder wieso liegt die Raupe auf der anderen Seite auf der Seite, oder wie kann etwas kippen, das so breit ist, oder der Krater neben ihr im Asphalt, oder ihre gerissene Kette, oder wir gehen natürlich so schnell wir können weiter, was sollen wir auch sonst machen, wir wollen hier weg, aber nicht zurück, also müssen wir da jetzt durch, wir müssen da jetzt wohl durch, Freunde, oder einer ist eben immer etwas schneller als die anderen, oder Drygalski und ich sind es nicht, oder irgendwie habe ich kein gutes Gefühl, oder dann natürlich in genau dem Moment plötzlich ein gelbes Licht, oder Lärm, ein physischer Lärm, oder Wind, ein Sturm, der einen ohne Vorwarnung zu Boden wirft und dann noch ein paar Mal zutritt, oder Blut, leere Haut, Eingeweide und pulverisierte Knochen, oder Zähne, die Zähne eines Freundes, die plötzlich außen in der eigenen Backe stecken, oder Gruber, oder was genau ist der Unterschied zwischen Anti-Fahrzeug- und Anti-Personen-Minen?

Und nach ein paar Generationen schon werden die Menschen wieder als gleichberechtigte Molekülberge neben anderen Molekülbergen leben, Dinge unter Dingen, sie werden schnelle Bäume mit Augen sein, oder langsame, weiche Steine mit Haaren.

Ich bleibe noch etwas liegen. Meine Ohren fühlen sich an, als hätten sie sich von selbst geschlossen, vollständig, um je eine lebende Wespe. Das Öffnen der Augen verschiebe ich vorerst auf einen späteren Zeitpunkt. Der Geruch von nassem Asphalt. Kleine Steine stecken in meiner Stirn.

Drygalski, rufe ich, aber ich höre nichts, nur die Wespen, ich spüre zwar genau die Bewegungen meines Mundes, die für mich zu seinem Namen gehören, immer gehört haben, aber jetzt bin ich mir nicht mehr so sicher, was ich da sage, ob ich überhaupt etwas sage. Ich öffne die Augen. Sie scheinen zu funktionieren. Vorsichtig hebe ich den Kopf. Ich drehe ihn nach links. Ich sehe Asphaltbrocken, Fetzen von Kleidung, von Gruber. Ich sehe Drygalski. Er ist noch da. Er liegt auf der Seite, so dass ich in sein Gesicht sehen kann, und ich sehe, dass er den Mund bewegt. Ich habe keine Ahnung, was er sagt.

60 Das Gehen zu zweit ist etwas völlig anderes als das Gehen zu mehreren. Die Position des anderen ist eindeutig, dadurch auch die eigene, es gibt nicht mehr die anderen, die Illusion von verschiedenen, unterschiedlich zu behandelnden Individuen, sondern nur noch den Einen, das andere Nicht-Ich. Es gibt nur noch ein Du.

Weißt du noch, wie wir das Luftgewehr von Herrn Gruber im Keller fanden und Eier im Hausflur zerschossen? Wie wir nacheinander alle anriefen, und alle kamen, und wir schossen und schossen und waren ganz aufgeregt, das Gewehr hatte einen Schaft aus Kirschholz, und der gefettete Lauf glänzte im Licht der Halogenlampen.

Und dann gab es keine Eier mehr, aber noch viel Munition, also stiegen wir in den alten Mazda von Fürst, er hatte gerade seinen Führerschein gemacht, und mittlerweile war es dunkel, du riefst, Drive By, Baby, und wir fuhren los, zu dritt auf der Rückbank, mit einem Gewehr, und vorne saßen Golde und Fürst, und wir hörten *Approach to Danger* von NWA und pfiffen den Sinuston mit.

Wir drehten eine Kreuzung weiter hinten stadtauswärts, um keinen Verdacht zu erregen, und dann waren wir auf der richtigen Seite der B 304, und wir fuhren beinahe vorschriftsmäßig genau 61 km/h, und es war kaum Verkehr, weil es unter der Woche war, Sommerferien, und dann kam endlich das Gelände der Bezirksgartenschau Oberbayern in Sicht, und wir sahen die Zelte und Mähdrescher und Traktoren, und alles war still und verlassen, gesichert von hohen Bauzäunen, und wir kamen näher und näher, und dann verpassten wir dem riesigen aufblasbaren Elefanten, von dem wir uns schon immer gefragt hatten, was er auf einer Bezirksgartenschau macht, einen Diabolo zwischen die Augen.

Oder vielleicht nicht zwischen die Augen, vielleicht auch hinter das Ohr oder in den Bauch, aber wir haben ihn ganz sicher getroffen, er war ja riesig, und wir waren ja nicht blöd, und Fürst und Golde haben ganz deutlich den Einschlag gehört und ich auch.

Das Scheißding blieb einfach stehen, aber wir mussten zurück, denn für einen zweiten Drive By war uns die Sache zu heiß, angeblich gab es Securities, also fuhren wir nach Hause, und wir parkten das Auto und nahmen die Fahrräder und fuhren nochmal zurück, mit dem Kampfmesser vom Gruber, nur du und ich, und die anderen hatten keine Lust mehr, die wollten irgendeinen Horrorfilm sehen, aber wir fuhren nochmal dahin, um dem Mistvieh den Rest zu geben.

Es quietschte nur, als wir die Fahrräder hinter den Büschen versteckt hatten und über die Bauzäune geklettert waren und uns im Schatten von Zelt zu Zelt vorgepirscht hatten, wie das KSK, Kandahar, es quietschte nur, als wir merkten, dass es wahrscheinlich doch keine Securities gab, warum auch, es quietschte nur, als wir dem Ding die Klinge hineinrammten, einmal, zweimal, dreimal, nachdem du beim ersten Mal vergessen hattest, die Lederscheide abzuziehen, und nichts passiert war, und auch jetzt passierte nichts, es quietschte ein bisschen, und dann hörte man wieder nur das Brummen des mächtigen Kompressors, der den Elefanten mit Druckluft versorgte, mehr Luft, als durch Löcher entweichen konnte, die wir ihm beibringen konnten, also fuhren wir nach Hause und sprachen nie mehr davon. Und die anderen waren so taktvoll, uns nie mehr danach zu fragen.

Ja. Ich weiß noch.

61 Wir laufen auf einen Berg zu, und der Berg hat ein Loch. Genau an der Stelle, auf die wir zulaufen, hat man den Fels weggesprengt. Das Loch ist rund und ummauert mit Steinen. Nach den ersten Metern im Loch hat die draußen mit Matsch und Rollsplit bedeckte Straße auf einmal wieder ihre ursprüngliche, glatte Oberfläche; sogar eine regelmäßig durchbrochene weiße Linie gibt es, hier, knapp hinter dem Eingang, ehe sie tief im Inneren des Berges im Dunkel verschwindet. Der Eingang hat etwas von einem Museum, eine Erinnerung an eine Ordnung, innerhalb deren man sich bewegen konnte, wohin man wollte, zur Not quer durch Stein. Als wir aus dem grauen Licht und dem kalten Wind und den unübersichtlichen Verhältnissen in die Röhre treten, wird alles ruhiger, klarer, kleiner. Unsere Schritte haben wieder einen Klang, der jede einzelne Berührung von Fuß und Boden klar voneinander abgrenzt, kein Schlurfen im Kies mehr, kein Waten im Matsch, kein Stapfen im Schnee. Wir gehen, Füße auf hartem Grund, und schlagartig wird uns bewusst, dass wir Schuhe tragen und Kleider, wir gehen aufrecht und fühlen uns zivilisiert, als wir tiefer ins Schwarz marschieren.

Die Geschwindigkeit, mit der sich unsere Augen an die Dunkelheit gewöhnen, wird umso geringer, je weniger Licht es gibt, und als unsere Augen nicht mehr mit unseren Füßen Schritt halten können, bleiben wir wie auf Kommando stehen.

Was, wenn es nicht weitergeht? Wenn der Tunnel verschüttet ist und wir nicht durchkommen?
Dann drehen wir um.

Es gibt weder Einwände noch einen besseren Vorschlag. Also setzen wir uns wieder in Bewegung, langsam, die Hände gerade vor den Körper haltend, kümmerliche kleine Wellenbrecher im Schwarz, die Füße vorsichtig aufsetzend, tastend nach festem Grund, vielleicht ist ein Stein irgendwo, eine Leiche, ein Loch.

Ich stelle mir alle logisch möglichen Hindernisse vor, geordnet nach der Wahrscheinlichkeit ihres Auftretens in einem Tunnel im Voralpenland, nach dem Zusammenbruch der Gesellschaft: Autos, intakt, liegengeblieben, Autos, ausgebrannt, Lkw, intakt oder ausgebrannt, Militärfahrzeuge, Truppentransporter, Busse mit Flüchtlingen, Wagenladungen Nahrungsmittel, bestimmt für abgeschnittene Gebiete, Motorräder, Fahrräder, Fußgänger, Hunderte, Tausende, intakt, liegengeblieben oder ausgebrannt. Flugzeuge, Hubschrauber, versteckt für einen heimlich vorbereiteten Gegenschlag, geheime Lager mit Geschützen und Handfeuerwaffen, geschützt durch Selbstschussanlagen, Minen, Panzersperren, Stacheldraht, Depots mit Nahrung, chemischen Waffen oder Kulturschätzen, die für die Nachwelt gesichert werden müssen, Bunker, in denen Fliehende Schutz finden, Männer, Frauen, Kinder, oder nur Frauen, ein Bordell für irgendeine separatistische Regionalarmee, oder vielleicht die allerletzte Jahresproduktion der herzoglich bayerischen Brauerei Tegernsee.

Unsere Schritte werden schneller, wir halten die Arme mittlerweile nicht mehr nach vorne. Wir gehen weiter, die Luft bleibt stehen hier drin, die Schritte hallen klar und schön, der Boden bleibt fest, die Welt vor uns schwarz. Wir fürchten sie nicht. Aber irgendwann werden unsere Schritte dann doch wieder langsamer und weniger, und irgendwann geht nur noch einer von uns und dann sehr bald keiner mehr, und dann ist es vollkommen still.

Wir hören einander atmen und blicken angestrengt in die dicke Schwärze genau vor uns, so nah, dass es in den Augen brennt. Wir sehen uns um. Hinter uns nur noch ein schwaches Schimmern, unendlich weit weg, eine Erinnerung daran, dass wir diesen Tunnel einmal betreten haben, und diese Erinnerung sieht sehr zerbrechlich aus, und wir haben Angst, dass sie verschwindet, wenn wir noch einen einzigen Schritt nach vorn machen.

Wollen wir nicht besser umkehren?
Ja.

Wir kehren um. Und mit jedem Meter auf den Ein- oder Ausgang zu gehen wir schneller und zuversichtlicher, wir kennen den Weg, wir haben ein Ziel, es ist ein gutes Gefühl, und als das Grau wieder richtig grau wird vor uns und nur noch zwei-, dreihundert Meter entfernt ist, rennen wir los, wir rennen und rennen, und dann stehen wir endlich wieder draußen im Wind, glücklich zu wissen, wo wir sind und wo nicht, wir stehen im Wind und sehen Matsch und Bäume und Himmel und sind ein paar Minuten einfach nur glücklich und frieren und sind glücklich und frieren.

62 Auf dem Rückweg machen wir einen weiten Bogen um den Grenzübergang. Wir bleiben so viel wie möglich im Wald. In einer verlassenen Jagdhütte finden wir acht Büchsen Ravioli und einen olivgrünen Regenumhang. Am ersten Tag wechseln wir uns alle tausend Schritte damit ab, den Umhang zu tragen, mit dem Ergebnis, dass wir am Abend beide genauso nass sind, als hätten wir ihn nie gefunden. Am Abend beschließen wir, von nun an nur noch einmal am Tag zu tauschen, jeden Morgen, egal wie das Wetter ist. Wir losen, wer anfangen darf. Ich gewinne.

Wir essen jeden Tag eine Dose, wir schlagen sie an einem Stein auf, lecken die ausgelaufene Sauce vom Boden und essen dann schön langsam immer abwechselnd je eine Nudel, bis alles weg ist. Drygalskis Jackentaschen sind groß genug für je eine Dose, meine nicht, ich lockere den Gürtel und stecke sie mir hinten hinein. Die Scheuerwunden hören auf zu nässen, noch ehe die letzten Dosen verbraucht sind.

Wir sind bald da, sagt Drygalski.
Ja, sage ich.

Ich freue mich, dass wir wieder an den Ort kommen, wo zuletzt alles gut war. Vielleicht hätten wir da bleiben sollen. Vielleicht hätten wir nicht ins Tal sehen sollen.

63 Als wir die Hütte erreichen, sehen wir sofort, dass jemand da war. Die Tür steht offen. Wir haben sie sicher zugemacht, und der, der da war oder ist und die Tür nicht zugemacht hat, ist sicher keiner von uns, niemand, den wir kennen, denn wir kennen den Vater vom Gruber, und der duldet keine offene Tür. Wir gehen keineswegs langsamer, wir bekommen kein stärkeres Herzklopfen, als wir nach dem Aufstieg ohnehin haben, wir gehen einfach weiter auf die Hütte zu, obwohl wir wissen, dass da vielleicht noch jemand drin ist, jemand, der uns vielleicht töten wird, wir machen nur einen kleinen Umweg über den Schuppen.

Er schläft. Wir stehen daneben. Wir sehen ihn an. Er liegt auf dem Rücken. Wir sehen, wie sich sein Brustkorb hebt und senkt, sein Gesicht ist zur Seite gedreht, in das Kissen, das er mit der rechten Hand festhält, ich halte einen Spaten, Drygalski ein Beil. Unser Atem verlangsamt sich, gleicht sich der Atemfrequenz des Schlafenden an, wir sehen ihn an. Wir haben schon lange niemanden mehr schlafen gesehen, der nicht einer von uns ist, oder atmen, und ich denke, was ist ein Herz doch für eine fantastische Erfindung, 36 Millionen Schläge im Jahr, mal 82,7, im Schnitt, in Europa, ganz von allein. Das Einzige, was man dafür tun muss, ist essen, trinken und atmen.

Er trägt ähnliche Kleidung wie wir. Er ist ungefähr so alt wie wir. Er hat eine ähnlich helle Hautfarbe, ähnliche

Haarfarbe, ähnliche Körpergröße, soweit man das im Liegen beurteilen kann. Seine Augen sehen wir nicht. Ich frage mich, wann ich den Spaten abstelle, ans Bett lehne, an die Wand, wann Drygalski das Beil weglegt, wann wir das Werkzeug zurückbringen in den Schuppen, wo es war, wo es hingehört. Ich sehe den Mann atmen, er atmet ruhiger als ich, langsamer, friedlicher, er wirkt zufrieden und glücklich, ich spüre das kalte glatte Holz in meinen Händen, das Gewicht des Stahlblattes in der Linken. Ich weiß nicht, ob Drygalski darauf wartet, dass ich den Spaten abstelle, oder ob ich darauf warte, dass er das Beil weglegt. Ich weiß nur, dass ich den Spaten weiter in meiner Hand halte, er ist nicht schwer, das Holz ist glatt, die Rundung perfekt, an der Kante des rostbraunen Stahls sind silberne Kratzer vom Eis-Weghacken auf den Steinstufen hinunter zur Straße. Der Mann hört auf zu atmen. Ich fasse den Spaten fester. Er öffnet die Augen. Ich halte den Spaten fest. Er sieht nicht zu uns, er sieht in das Kissen. Drygalski verlagert sein Gewicht auf das andere Bein. Dann springt der Mann auf.

Ich weiß nicht, ob alles anders gekommen wäre, wenn er liegen geblieben wäre. Ich weiß nicht, ob er mit uns hätte reden sollen, ich habe keine Ahnung, welche Veränderung der Vergangenheit welche Veränderung der Gegenwart bewirkt hätte, ich habe ja auch keine Ahnung von der Zukunft.

Er springt auf und stürzt aus dem Bett, rammt seine Schulter in Drygalskis Bauch, der fällt um, und vielleicht hätte ich ihn nicht verfolgt, wenn Drygalski nicht gefallen wäre oder nicht so schnell wieder aufgestanden. Ich schaffe es, meinen Arm zu heben, ehe mein Kopf gegen die von ihm zugeschlagene Holztür prallt, ich stoße die Tür wieder auf, ich sehe ihn noch am Ende des Ganges, wie er ins Weiß vor der Hütte stürzt. Ich höre die Schritte Drygalskis hinter mir, sie sind schnell, so schnell, dass auch ich meine Schritte beschleunige, und dann sind wir schon auf dem Hang und sehen den Mann zehn, zwanzig Meter vor uns schräg bergauf durch den Schnee stapfen, bei jedem dritten Schritt rutscht er aus und fällt hin und steht auf, wir auch. Der Abstand bleibt gleich, wir rennen, so schnell wir können, er auch, denke ich, er ist langsam, wir auch, wir tragen ein Beil und einen Spaten. Wir kommen näher. Langsam bekomme ich das Gefühl, dass wir ihn einholen können, und es erstaunt mich, er ist ja nur einer, wir sind zwei, wir behindern uns gegenseitig, überholen einander, vielleicht sind wir aber auch genau deswegen ein klein wenig schneller, ich merke ganz deutlich, dass sich der Abstand verringert, und ich weiß nicht, ob ich das gut oder schlecht finde, ich laufe durch matschigen Schnee einen Hang hinauf, einem Mann hinterher, dem ich näher und näher komme, warum sollte ich anhalten?

Als wir noch drei Meter weg sind, fällt er in den Schnee, kurz vor den jungen Tannen am Bach, und diesmal steht er nicht auf, und wir bremsen nicht ab, wir werden nicht langsamer, wir laufen weiter, immer näher heran, und dann sehe ich zum ersten Mal direkt in sein Gesicht, und während ich noch damit beschäftigt bin, mich zu fragen, welche Eigenschaften eines Menschen man möglicherweise an seinen Augen ablesen könnte, fallen unsere Fäuste nach vorn, ganz natürlich, wie die logische Fortsetzung unserer Bewegung, einer Bewegung des Folgens, nicht mehr und nicht weniger, einer Jagd nach nichts Bestimmtem, außer natürlich nach Glück, nach Veränderung, nach einem Leben, das irgendwie anders als das hier ist, und in unseren Fäusten die Waffen, Werkzeuge, mit denen man Häuser bauen könnte, Stühle und Tische, an denen man Mahlzeiten einnehmen könnte oder universelle Werte errichten, und die Fäuste mit den Werkzeugen fallen mitten in sein Gesicht, auf die weißen Wangen, die Stirn, in die plötzlich aufklaffenden Löcher, die sich erst mit den weit geöffneten Augen verbinden und dann miteinander zu einem einzigen dunklen Abgrund, an dessen Ende das eine, endgültige Grau wartet, das uns alle verbindet, bis auch das zerteilt ist und fortgetragen, von Fliegen und Ameisen, verfüttert an Larven, verdaut und wieder ausgeschieden, so also sieht ein Gehirn aus.

Ich bin froh, dass Drygalski ebenso hart zugeschlagen hat wie ich und ebenso oft. Ich bin froh, dass er jetzt nicht spricht. Wir betrachten unser Werk eine Weile, der dunkle Fleck um die Reste des Kopfes wächst erstaunlich schnell, und ich atme tief durch und spüre die kalte Luft, und ich denke dabei nur einen einzigen Gedanken, zum ersten Mal wieder seit langer Zeit: Es ist besser, am Leben zu sein.

Ich weiß nicht, ob eine Minute vergangen ist oder zehn, ich sehe Drygalski auf die Knie fallen, mit der linken Hand schiebt er den Schnee zur Seite, nassen, sulzigen Schnee direkt neben dem zerschlagenen Kopf des Mannes, bis die feuchte, platt gedrückte Bergwiese zum Vorschein kommt, und dann hackt er mit dem Beil darauf ein, einmal, zweimal, dreimal, viermal. Drygalski hackt in die Wiese, und ich schäme mich, weil ich für einen kurzen Moment keine Ahnung habe, warum er das tut, was zur Hölle tut er da, aber dann fällt es mir ein, Gott sei Dank, es fällt mir gerade noch rechtzeitig ein, um mich nicht vor meinem letzten lebenden Freund lächerlich zu machen, ich weiß, dass er das einzig Richtige tut, das Richtigste, was wir getan haben, seit wir das brennende Dorf gesehen haben, vielleicht sogar in unserem ganzen Leben, und dann schiebe ich den Spaten in die von Drygalskis Beil gelockerte Erde, ich hebe die erste Ladung hoch und lege sie behutsam zur Seite, die Erde, wir brauchen sie noch.

Als wir die letzte Spatenladung auf den Toten legen, ist es beinahe dunkel. Zum Festklopfen fehlt uns die Kraft. Wir atmen schwer, wir stützen uns aufeinander ab, und wir achten darauf, dass wir uns nicht länger aneinander festhalten, als es unsere Erschöpfung erfordert. Dann stehen wir noch eine Weile, jeder für sich, neben dem rechteckigen braunen Fleck mit dem schmutzigen Schnee an den Rändern. Wir blicken ins Tal. Die kahlen Gipfel gegenüber sind noch gut zu erkennen. Unten ist es schon Nacht.

64 Ich stelle mir Drygalski vor, vor ein paar Wochen, wie er im Labor steht auf der Suche nach einem Mittel gegen den Krebs, und über der weißen Haube und der Laborbrille sitzen dicke, schwarze Kopfhörer.

His palms are sweaty

In seiner mit Latex überzogenen Hand eine Schale mit hauchdünnen Scheiben gefrorener Mäusetumore.

Knees weak. Arms are heavy.

Fest steht er auf seinen roten Air Max II.

Gestern hat er beim Bankdrücken zum ersten Mal hundert Kilo geschafft.

There's vomit on his sweater already

Auf seinem Kittel Formaldehydflecken, die mit dem bloßen Auge nicht erkennbar sind.

Mom's spaghetti

Seine Mutter ist die Chefin hier. Also eigentlich der Vater, ihm gehört das Labor, aber der fragt nicht nach, wie es war, in der Arbeit, wenn er abends heimkommt, in das Haus, das er sich immer noch mit ihnen teilt. Seine Mutter arbeitet auch hier, genau jetzt, sie sitzt etwa zwanzig Meter Luftlinie von ihm entfernt, hinter den Desinfektionsschleusen, vor einem großen Bildschirm, und während sie Projektpläne überprüft und Mitarbeiterakten aktualisiert, denkt sie vielleicht an die teuren Geräte, mit denen ihr Sohn hier hinten hantiert, denkt er, der Sohn, und: Hoffentlich krieg ich es diesmal hin.

He's nervous.

Alle nicht oder nicht spezifisch gebundenen Sondenmoleküle auswaschen und dann ab ins Fluoreszenzmikroskop, im Glasschrank daneben sieht er sich, und er sieht, dass er nichts von sich sieht, außer einem weißen Anzug mit Kapuze, Mundschutz, Laborbrille.

But on the surface he looks calm and ready

To drop bombs

Und den dicken, schwarzen Kopfhörer.

But he keeps on forgetting what he wrote down

Er hat die korrekte Reihenfolge der Arbeitsschritte im Kopf. Er hätte die korrekte Reihenfolge der Arbeitsschritte im Schlaf aufsagen können, wenn man ihn geweckt hätte, sagen wir um drei Uhr früh, was zum Glück nie passiert, er ist Single, dafür schläft er gut, und das mit dem Single-Sein würde sich auch irgendwann ändern, wenn er erstmal bei seinen Eltern ausgezogen ist, noch ein bisschen arbeiten, sparen, dann eine Wohnung kaufen, und los.

The whole crowd goes so loud

Das wird eine Einweihungsparty.

He opens his mouth

Da kommt sicher irgendeine Freundin von einer Freundin von einem Freund, fühlt sich wie zu Hause und bleibt über Nacht.

But the words won't come out

Er kann die korrekte Reihenfolge der Arbeitsschritte auch nach fünf Wodka Tonic aufsagen.

He's choking

Er kann die korrekte Reihenfolge der Arbeitsschritte auch nach zehn Wodka Tonic aufsagen.

How everybody's joking now

Manchmal fragen wir ihn danach. Er sagt sie uns nie.

The clock's run out

Der Monitor beginnt zu leuchten.

Time's up

Der Bildaufbau ist abgeschlossen.

Over, BLOAH!

Scheiße. Wieder nichts.

65 Wir sprechen immer weniger miteinander. Aus Einwortsätzen werden mürrische Grunzer oder halbherzige Gesten, nach und nach treffen sich nicht mal mehr unsere Blicke. Wir kommunizieren seitwärts. Es ist einer neben dir. Er sieht auch, dass da nichts ist, im Tal, er räumt auch etwas Schlamm aus dem Bereich der Tür, er sieht auch, dass das Toastbrot von Schimmel durchzogen ist und: Auch er ist hungrig. Auch er hat den zentralen Raum dieses Gebäudes einmal Stube genannt, den Ofen Ofen, das Brennholz Brennholz, als es noch welches gab, den Stuhl Stuhl, den Tisch Tisch, den Boden Boden und die Frau mit dem Schwert im Herz auf dem Kunstdruck über der Sitzecke heilige Gottesmutter Maria. Solange jemand neben dir ist, bleibt alles an seinem Platz.

Irgendwann ist die letzte Scheibe verschimmelten Toastbrots aufgebraucht. Es taut. Die grünen Flecken auf den Hängen kommen uns falsch vor und ungesund. Ein durchgehendes Weiß wäre schöner. Weiß wäre passender für so einen Tag. Wir sitzen in der Stube und warten und sitzen, und dann wird es dunkel, und wir warten weiter, wir sitzen im Dunkeln und warten darauf, dass es vorbeigeht.

Schnee oder nicht Schnee. Licht oder nicht Licht. Liegen oder sitzen oder stehen, oder doch besser liegen, das wird das Beste sein, wenn es nichts zu tun gibt, außer stehen und sitzen, und nichts zu sehen außer Schnee oder nicht Schnee, Licht oder nicht.

66 Im Morgengrauen beginnt es wieder zu schneien. Ich sehe Drygalski, wie er mit den Fingern die Tischkante fest umklammert. Dann löst er den Griff wieder. Dann greift er wieder zu. Er hat die Augen geschlossen. Ich tue so, als würde ich ihn nicht sehen. Ich liege auf der Bank, halte die Augen ebenfalls geschlossen und spähe nur ab und zu durch einen kleinen Spalt zwischen meinen Lidern zu ihm hinüber. Vor den Fenstern das langsam wieder weiß werdende Dunkelgrün der Hänge. Drygalski legt die andere Hand an die Sitzfläche des Stuhls, er greift zu, seine Knöchel so weiß wie der Schnee auf der Fensterbank, er stützt sich auf, er streckt ein Bein langsam vor, er lässt sein Kinn langsam auf die Brust sinken, beugt den Oberkörper nach vorne, sein Körperschwerpunkt schiebt sich über sein Becken, über den Rand des Stuhls, über die Knie, und kurz bevor er vornüberfällt und mit dem Gesicht auf dem Boden aufschlägt, hebt sich sein Gesäß, und er steht. Vorsichtig streckt er die Beine. Langsam wankt er zur Anrichte. Er nimmt ein kleines Messer aus dem Messerblock. Ich weiß, dass die kleinen Messer besonders scharf sind, ich habe mit einem von ihnen früher ab und zu Zwiebeln geschnitten. Vor der Tür bleibt Drygalski stehen und sieht zu mir. Ich spüre seinen Blick, obwohl ich meine Augen immer noch auf die Art und Weise geschlossen halte, dass ich nur Körper sehen kann, Gegenstände und Farben, keine Pupillen. Drygalski blickt zu mir. Das tut er selten in letzter Zeit. Er steht mit dem kleinen Messer in der einen Hand, die andere Hand an der Klinke der Tür zum Gang, er steht schief, Drygalski, der immer gerade stand, und so wie die Hose um seine Beine hängt und die Jacke um seine Schultern, würde niemand auf die Idee kommen, dass er früher einmal dick war. Ich ahne, dass um seine Augen dunkle Ringe sind, Löcher, in denen irgendwo das liegt, was ich einmal kannte, wenn es noch da ist, ich werde es nicht erfahren, ich sehe nicht genau hin, ich halte meine Augen weiter halb geschlossen. Als er die Hand von der Klinke nimmt und sie hebt, langsam, feierlich, als wollte er eine Ansprache beginnen, öffne ich meine Augen, doch ehe Drygalski das merkt, überlegt er es sich anders, lässt die Hand wieder auf die Klinke fallen, öffnet die Tür und ist weg.

67 Weißt du noch, es war vier Uhr morgens, auf deiner Abschiedsfeier in meiner Wohnung, die Gäste waren gegangen, denn die, die noch da waren, waren viel mehr als Gäste, und wir sprangen im Wohnzimmer im Kreis, die Arme auf den Schultern des Nebenmannes, wir traten zum Takt in die Luft zwischen uns, als wollten wir vernichten, was uns voneinander trennte, wie eine Fußballmannschaft nach einem Sieg, eine Fußballmannschaft, die ihr eigener größter und einziger Fan ist, und wir tanzten und traten die Luft, die Musik war uns scheißegal und sehr laut, und dann sagtest du, jetzt muss ich aber wirklich, und dann öffneten wir den Kreis, wir ließen dich raus, und du zogst uns einen nach dem anderen zu dir, wir umarmten uns, klopften dir auf die Schultern, mach's gut, pass auf dich auf, genieß es, und dann gingst du aus dem Wohnzimmer, und wir machten weiter mit unserem betrunkenen Fußballertanz, und dann kamst du noch einmal zurück und umarmtest noch einmal jeden Einzelnen, und wir klopften dir noch einmal auf die Schultern, pass auf dich auf, gute Reise, es wird bestimmt schön, und dann gingst du wieder aus dem Wohnzimmer, und wir tanzten weiter, und dann kamst du noch einmal zurück, und wir umarmten uns noch einmal und klopften dir noch einmal auf die Schultern, mach's gut, genieß es, und dann gingst du und kamst ein drittes Mal wieder, und wir lachten uns alle kaputt, jetzt schleich dich halt endlich auf deine beschissene Weltreise, und du lachtest auch, und dann sah ich dich nur noch von hinten im Gang auf dem Weg zur

Tür, und dann warst du weg, und sechs Monate später kamst du gesund nach Hause, und wir taten, als wäre das ganz normal. Weißt du das noch, Drygalski? Drygalski. Ob du das noch weißt?

68 Am Hang durch den Schnee zu gehen, ist schon schwer, wenn man satt ist und nicht arthritisch und ohne erfrorene Zehen oder Dekubitus auf den Hinterbacken. Schon von weitem sehe ich den kreisrunden, roten Fleck. Drygalski liegt mit dem Gesicht zum Boden. Das Messer rechts neben seiner offenen Hand. Der linke Arm angelegt. Er liegt mit dem Kopf zum Tal. Das hat er getan, damit das Blut schneller aus ihm herausläuft. Ich knie mich neben ihn und berühre seinen Nacken. Er ist kaum mehr warm. Ich sehe, wie dünn er ist. Ich fahre mit der flachen Hand über seinen Rücken, spüre die knochigen Schulterblätter, die Wirbelsäule, das Becken. Ich spüre, dass er keinen fetten Arsch mehr hat.

Ich sehe, was Drygalski gesehen haben muss, als er hinaustrat, im Wissen, dass es das letzte Mal sein würde, dass er hinaustreten und etwas sehen würde. Den grauen Himmel. Das Tal. Das verbrannte Dorf. Die Baumgrenze gegenüber, eine gerade dunkle Linie, darunter ist alles schwarz, darüber die sich im Himmel auflösenden Gipfel. Ich sehe Drygalski vor mir, wie er da steht, wie er sich das alles ein letztes Mal ansieht, die eine, immer gleiche, stillstehende Welt, und dann macht er ein paar Schritte hinaus auf die Wiese, auf den Hang, kniet sich hin, sucht mit der Linken die Halsschlagader und stößt mit der Rechten das Messer hinein, ruhig, konzentriert, fest. Dann legt er das Messer ab und lässt sich langsam nach vorne fallen, und mit seinem Körper kippt sein Wissen über die Welt, über oben und unten, über richtig und falsch, über die Namen der Dinge, die ihn umgeben, all das kippt mit ihm zu Tal, und mit dem aus seinem Hals quellenden Blut fließt es bergab, nach unten, in Richtung des Erdmittelpunkts.

Ich hätte das Gleiche für dich getan, denke ich, als ich das Messer in die rechte Hand nehme und mit der linken Drygalskis Jacke nach oben schiebe. Jeder von uns hätte das Gleiche für jeden von uns getan, denke ich, als ich den Pullover hochschiebe. Es waren eben nur noch wir beide da, denke ich, als ich, ohne den Gürtel zu lockern, die Jeans über das stark abgemagerte Gesäß schiebe. Du warst einfach schneller, denke ich. Seine Backen so weiß wie der Schnee. Die Klinge drückt kalte Haut ein, drückt sie weit ein, dann reißt das Gewebe, und das Fleisch springt hoch und schließt sich um den niedergedrückten Stahl. Blut tritt hervor. In vorsichtigen Auf-und-ab-Bewegungen markiere ich ein Rechteck. Ich löse es heraus.

69 Wenn eines Tages doch noch einmal ein ganz normaler Montag kommen sollte, von mir aus auch im November, werde ich beim Signal des Weckers um sechs Uhr dreißig aus meinem Bett springen wie das Sankt Petersburger Ballett. Ich werde aufrecht im Dunkeln stehen und dem rhythmischen Piepsen lauschen, ich werde meinen Kopf dazu bewegen, erst auf und ab, dann nach links und nach rechts, fester und fester, und aus meinen Augen werden Tränen des Glücks fliegen, in alle Himmelsrichtungen, in die Schwärze des Morgens.

Ich werde mich flach auf den Boden legen und über das knarzende Parkett Richtung Bad robben, nackt, und ich werde hoffen, dass ich mir einen Spreißel einziehe, Eiche, geölt, antik, der mir sagt, das alles ist wirklich wahr.

Ich werde mit gespielter Routine in die Dusche steigen, den Hahn aufdrehen und brüllen, als wäre das Wasser eiskalt, aber es wird heiß sein, wunderbar heiß, und ich werde trotzdem brüllen vor Unglauben, einer Spezies anzugehören, die im Stande war, so eine Einrichtung zu ersinnen und zu verwirklichen.

Ich werde mir vornehmen, die Dusche drei Tage lang nicht zu verlassen.

Ich werde schrumpelige Finger bekommen.

Ich werde nach einer halben Stunde dann doch aus der Dusche steigen, und ich werde einen frisch gewaschenen, nach Weichspüler duftenden Waschlappen unter eiskaltes Wasser halten, ihn mir in den Mund stopfen und mit einem großen Handtuch hinüber ins Wohnzimmer gehen, wo ich es auf den Flokati-Teppich breiten werde, und dann werde ich mich darauflegen und mich einrollen in Teppich und Tuch.

Ich werde mich an dem Geräusch ergötzen, das der Waschlappen macht, wenn ich an ihm sauge, und am kühlen Wasser, das aus der Baumwolle tritt, direkt in meinen Mund.

Ich werde zurück ins Bad gehen.

Ich werde Feuchtigkeitscreme auf meiner Handfläche verteilen und mich dann ins Gesicht schlagen, erst auf die eine Wange, dann auf die andere.

Ich werde, so schnell ich kann, ins Schlafzimmer rennen, mit dem Kopf knapp am Türstock vorbei, und ich werde die verspiegelte Schiebetür meines Schranks durchbrechen und mit den Trümmern in die harten Regalböden voller weicher Textilien stürzen und mit Böden und Stoffen zu Boden, und ich werde mich hineinwinden in meine Kleider wie eine Schlange.

Das, was am Ende an meinem Körper haften bleibt, wenn ich den Schrank verlasse, werde ich zu meinem Lieblingsoutfit erklären.

Ich werde aus dem Haus treten und auf den Sonnenaufgang warten.

Es wird ein klarer Tag sein.

Wenn die Sonne dann da ist, werde ich die kühle, frische Luft einsaugen und sagen: Sonne.

Dann werde ich lächeln. Ich werde das jeden Morgen tun.

Und nach ein paar Jahren schon wird man von außen nicht mehr feststellen können, ob die Sonne das Wort erzeugt oder das Wort die Sonne.

Dank

Ich danke der Schweizer Kulturstiftung Pro Helvetia, dem Kanton Bern und der Stadt Biel/Bienne für die Unterstützung meiner Arbeit an diesem Roman.

Ich danke Julia Weber, Hansjörg Schertenleib, Silvio Huonder, Paul Brodowsky, Matthias Nawrat, Philipp Mattheis, Robert Kumsta, Godehard Brüntrup und meinem Stammtisch.